淄博师范高等专科学校校城融合“基础教育创新发展
研究平台(专升本)”项目资助

《聊斋志异》与“中国风”

李志红 著

山东大学出版社
·济南·

图书在版编目(CIP)数据

《聊斋志异》与“中国风”/李志红著. —济南：
山东大学出版社，2020. 10
ISBN 978-7-5607-6747-5

Ⅰ. ①聊…　Ⅱ. ①李…　Ⅲ. ①《聊斋志异》—古典小说评论　Ⅳ. ①I207.419

中国版本图书馆 CIP 数据核字(2020)第 193913 号

策划编辑　武迎新
责任编辑　武迎新
封面设计　牛　钧

出版发行　山东大学出版社
社　　址　山东省济南市山大南路 20 号
邮政编码　250100
发行热线　(0531)88363008
经　　销　新华书店
印　　刷　山东和平商务有限公司
规　　格　787 毫米×1092 毫米　1/16
　　　　　9.75 印张　151 千字
版　　次　2020 年 10 月第 1 版
印　　次　2020 年 10 月第 1 次印刷
定　　价　39.00 元

序

淄博师范高等专科学校李志红教授的大著《〈聊斋志异〉与“中国风”》即将付梓，命我弁序于前。阅读着志红教授沉甸甸的书稿，不禁浮想联翩，回忆起40多年前发生的一件往事。

1974年的初春时节，我未满16岁，身份是一名家在淄博农村的高中学生。一天傍晚，我无意中从遍布各家各户的农村有线广播喇叭里，听到了中央人民广播电台新闻联播节目正在播发的一篇《人民日报》评论员文章，题目叫做《恶毒的用心，卑劣的手法：批判安东尼奥尼拍摄的题为〈中国〉的反华影片》。

当时我并没有看到这部影片的机缘，只是通过广播里的批判文章间接地知道了它的存在，并且知道它是“意大利反动导演”安东尼奥尼到中国来执导拍摄的。现在我通过互联网找到了这篇久违的评论，它是这样介绍当年那部题为《中国》的“反华影片”的：

> 安东尼奥尼是在1972年春作为我们的客人到中国来的。他带着摄影机访问了北京、上海、南京、苏州和林县。但是，他的中国之行，不是为了增进对中国的了解，更不是为了增进中、意两国人民的友谊，而是怀着对中国人民的敌意，采取别有用心的、十分卑劣的手法，利用这次访问的机会，专门搜罗可以用来污蔑攻击中国的材料，以达到不可告人之目的。在他拍摄的长达三个半小时的影片中，根本没有反映我们伟大祖国的新事物、新气象、新面貌，而是把大量经过恶意歪曲了的场面和镜头集中起来，攻击我国领导人，丑化社会主义新中国，诽谤我国无产阶级文化大革命，侮辱我国人民。任何稍有民族自尊的中国人，看了这部影片，都不能不感到极大愤慨。

安东尼奥尼是应邀来华拍摄反映中国人生活状况的纪录片《中国》的，双方都没有想到这事竟然会闹得宾主不欢。出现这样的结果，既有当时的时代、历史的原因，同时也反映了东西方人在思维方式、事物认知等方面存在的巨大差异。在那样一个他国封锁和自我闭关的时代，西方人完全不了解崛起于东方的赤县神州，对中国的认知充满了神秘感，而且与中国人对自己的认知有些格格不入。在这样的背景之下，产生分歧、误解也就成为一种历史的必然。

回过头来看这个当年闹得纷纷扬扬的外交事件，我想到了蒲松龄在《聊斋志异》里讲述的《西僧》的故事：有两个西域僧人来到中土，一个去了五台山，一个到了东岳泰山。西僧对人说：“我们经过十八年的跋涉才来到中国。出发的时候十二个人，平安到达的只剩下我们俩了。我们那里传说中国有四大名山，分别是泰山、华山、五台山和普陀山。说这些山上遍地都是黄金，居于普陀的观音菩萨和五台的文殊菩萨都还活在世上。能来到这里，就可以变身成佛，长生不老。”

蒲松龄在讲完这个故事之后说，从这个西域和尚介绍的情况，可以知道他们对中国的认识和我们羡慕西方乐土性质是一样的。假设中国去西土的人和西域来中国的人在中途相遇了，各自讲明白两边的真实情况，也就省得为了一探究竟而长途跋涉了。

误解和错误的认知，产生于东西方的长期隔阂和互不了解。在现代科技的发展缩短了地球上的时空距离，把地球变成一个大的村落之前，误解和错认似乎是不可避免的。

人世间的沧桑变化，正如聊斋俚曲《增补幸云曲》里一首[耍孩儿]唱的那样：“世事儿若循环，如今人不似前，新曲一年一遭换。”所谓“三十年河东，三十年河西”，在经过了整整 30 年的中国与世界的快速融合之后，安东尼奥尼执导的这部引发了当年外交事件的纪录片终于在中国解禁。2004 年，北京电影学院举办安东尼奥尼的作品回顾展，公映了这部时长 3 小时 40 分的纪录片。之后，随着改革开放的步履不断向前迈进，我们甚至可以随时随地地在互联网上观看这部以 40 多年前的中国社会生活为题材的纪录片。

20 世纪 70 年代，外国人在中国拍摄的反映中国社会面貌的纪录片，除意大利人米开朗基罗·安东尼奥尼 1972 年执导的《中国》之外，还有法国籍荷兰人尤里斯·伊文思 1971～1975 年执导的《愚公移山》，凡 12 集，片长 763 分钟；日本人牛山纯一 1978 年执导的《上海新风》，片长 72 分钟；美国人默里·勒纳

1979 年执导的《从毛泽东到莫扎特》，片长 84 分钟。这些反映当年中国社会生活的纪录片打开了一扇让世界了解中国的窗口，让不计其数的外国人从中认识和了解了他们原本不熟悉的 20 世纪 70 年代的中国。

2019 年 3 月 16 日，一部中国人自己拍摄的 5 集纪录片《从〈中国〉到中国》，在 CCTV-6 和 CCTV-9 同日开播。《从〈中国〉到中国》以《中国》《愚公移山》《上海新风》和《从毛泽东到莫扎特》4 部纪录片的场景和人物为线索，以来自安东尼奥尼家乡意大利的记者老高、尤里斯·伊文思的老乡法国导演斯坦、《上海新风》导演牛山纯一的儿子牛山徹也、《从毛泽东到莫扎特》中艾斯克·斯特恩的儿子大卫·斯特恩重访故地和故人的方式，讲述了一个发展中的中国的故事，通过实景和人物展示了中国的现代化进程和改革开放程度。

经过 40 多年的改革开放，中国与世界的交流日益密切，在社会经济等诸多方面已经融为一体，形成了牢不可破的人类命运共同体。西方人，乃至世界各国的人，对于中国社会、中国文化已经不再像以前那样好奇和陌生。从全面认知的角度看，世界想认识一个立体可感的、从古到今的中国，而中国想向世界展示自己璀璨的文化、独特的面貌。近年来刮起的日益强劲的展示中国风格、中国气派的"中国风"，无疑是对中外交流与合作趋势发展的全新阐释。

什么是"中国风"？志红教授作了这样的阐释："中国风，顾名思义当指中国风格。通过对那些冠以'中国风'界定的各类艺术或文化领域的名词进行分析，我们发现，所谓中国风其实是这些名词阐释的领域中带有较多的中国特色和中国元素，使得这些名词揭示的领域具有极强的辨识度，打上了鲜明的中国印记。"

毫无疑问，在音乐、电影、绘画、建筑、广告、陶瓷、服装等诸多领域广为流行的"中国风"无不建立在中国传统文化的基础之上，它所展示的中国风格和中国气派无一不是中国文化传统因素的外在显现。

很多中国人和外国人可能并不十分清楚，作为世界文学珍品和中国小说旗帜的《聊斋志异》，可以说正是一座展示中国文化的博物馆和一幅凸显中国风格、中国气派的精彩画壁。如志红教授所描述的那样，《聊斋志异》问世以后，已经先后出现了英文、法文、俄文、德文、意大利文、西班牙文、捷克文、罗马尼亚文、波兰文、匈牙利文、保加利亚文、越南文、朝鲜文、日文、印尼文等 20 余个语种的译本，在整个世界得到了极为广泛的传播。然而，《聊斋志异》所蕴含的中国传统文化的博大内涵，它的文本所内蕴的中国风格和中国气派，似乎还没有被研究者和广大受众全面认识并深入发掘。

正是从这样的认识出发，志红教授在她的大著中，从思想内容、艺术表现和生活哲思等几个方面，认真思索并进一步探讨了《聊斋志异》所蕴含的“中国风”潜质和丰富内涵。举一个例子，志红教授大著中几次介绍《聊斋志异》的《王六郎》篇。笔者以为，蒲松龄对于这个故事写得非常用心，文笔十分优美，可以说是充满了诗情画意的。《王六郎》写的是打鱼的渔夫老许和淹死在河里的水鬼王六郎交朋友的故事，高潮部分则是身为水鬼的王六郎救了那个依照故事的逻辑应该淹死在河里的妇人的一段，下面是这一情节的白话叙述：

> 第二天，老许特意守候在河边，等着看这件事怎样发生。果然，有一个抱着婴儿的妇人来到河边，一下子掉进了河里。婴儿被丢在河岸边，在那里扬手蹬腿，大声啼哭。老许眼看着那个女人在水里挣扎，沉下去又浮起来，浮起来又沉下去，后来忽然站了起来，湿淋淋地爬到了岸上。那个妇人在河岸上休息了一会儿，就爬起来抱着小孩走了。妇人在水里挣扎的当口，老许见了心里很是不忍，想跑过去救人，但想到这个人是来替代王六郎做水鬼的，就打消了救人的念头。等他看到妇人自己从河里爬上岸来，就怀疑王六郎说有人会淹死在河里来做替死鬼的说法并不灵验。

这件事发生之后，王六郎又来见渔夫老许。他对老许说：“咱们又见面了，不再分别了。”老许问他：“怎么回事？”王六郎说：“那个女的，本来是来做替死鬼的，可是我看到她怀里还抱着一个小孩，为了我一个人，要伤害两条性命，我于心不忍，就放她回去了。再等到有人来代替我，还不知道是哪年哪月的事呢，这说明我们两个人的缘分还没有到头啊！”老许听了心里很感动，说：“六郎啊，你有仁爱之心，老天爷会知道这件事的。”这件事过去以后，两个人又像平时一样，天天聚在一起喝酒、打鱼。

志红教授介绍这个故事的时候，从中发现了渔夫老许浇酒于地祭鬼和焚烧纸钱祭神的文化习俗，还有老许请王六郎喝酒、王六郎在河里帮老许驱鱼等，深深植根于中国人意识形态中的礼尚往来的文化传统。我读这篇小说，最受感动的则是故事所表现出来的人性美的内容。王六郎作为一个淹死的水鬼，好不容易熬到有替身出现，有了托生为人的机会，这样的机会对他来说是十分难得的。因此，他做好了到人间去投生的准备，并且和情逾骨肉的渔夫老许郑重地道了别。但到了第二天，当他看到那个妇人抱着一个婴儿来到河边，而且婴儿被抛在岸上扬手蹬腿地大哭的时候，他的心就显现出了柔软的一面。恻隐之心、仁爱之心和转生人世的希望就要实现的现实发生了剧烈的矛盾，需要他在片刻之间作出抉择。我们看到，王六郎心中的这种矛盾通过那个妇人在水里沉下去又浮起来——按照作者的原话“沉浮者屡矣”这样一个细节得到了展示。我们说，按照这个故事自身的逻辑，那个妇女来做王六郎的替身，这是命中注定的，并不是王六郎存心要害她；王六郎转世为人是有着充分的理由的，可是王六郎还是舍弃了自己盼望已久的这种转生为人的机会，以牺牲自己转世的机会为代价救了那位妇女的性命。出于一种对与自己素不相识的母子二人命运的深深的同情，而甘愿以他们的生来取代自己的生，王六郎在一念之间所作的这样一种选择，已经超出了推己及人的儒家仁爱思想的底线。

《王六郎》的故事，以及作者通过王六郎的行为举止所展示的人性之美，如果我们对其寻根问底，可以说它的渊源依然来自厚重的中国传统文化。中国儒家的仁爱思想，讲的是推己及人，所谓“己所不欲，勿施于人”，“老吾老以及人之老，幼吾幼以及人之幼”。因此，同样是“爱人”，中国的儒家所说的爱是有差等的，是存在亲疏之别的。打一个比方，就像是一块石子投入水中出现的涟漪，是一层层、一圈圈向外扩散开去的。但中国的墨家则不然，墨子学派高扬的旗帜是“兼爱”，而所谓的“兼爱”，也就是主张没有差别等级，不分远近亲疏地去爱社会上的各色人等。笔者以为，蒲松龄正是意识到了儒家和墨家所主张的爱的不同内涵，所以他要通过《王六郎》的故事来彰显墨家“兼爱”思想的可贵之处，通过王六郎这种舍己为人的举动来展示人性中最美的一面。这个故事所展现的王六郎舍己救人的高尚情怀、人道主义的博大胸襟和忘我的情操，既震撼着我们的心灵，又能洗涤、净化我们的灵魂。正因为蒲松龄熟稔中国传统文化经典，他从墨家的思想宝库中掬取菁华，才塑造了王六郎这样一个大写的人的形象，使得《王六郎》成为闪耀着人性之美和人道主义光辉的千古名篇。

其实，《聊斋志异》不仅是蕴含着中国思想经典的熠熠光辉，它还展示了中国传统文化的方方面面，包括那些具有中国风特点的显在的文化因素。仅以与百姓日用密切相关的生活现象为例，《聊斋志异》中的中国风元素之丰富多彩即可见一斑。

譬如衣饰。《聊斋志异》有数篇作品写到了“障纱”。什么是障纱？徐文军先生在《聊斋风俗文化论》一书中写道：

> 障纱，或称“幛纱”“纱障”，或简称“纱”，是古代妇女骑马或骑驴出门远

行时用以蒙面的纱巾(相当于现在的面纱或纱巾)。然查《汉语大词典》《辞源》《中文大辞典》《中国古代名物大辞典》等大型工具书,却均无“障纱”“纱障”等词。山曼、叶涛等所著《山东民俗》引《掖县四续志》谓:“妇女障纱,见于《聊斋志异》,而行之者独有掖俗。妇女骑驴戴此。其形似帘,以两叉插鬓上,亦曰眼罩。多以黑纱为之,可以看人而人不睹其貌。《礼》云:‘妇女出门,必拥蔽其面。’是纱障犹有古制。今则多年无用者。”

《掖县四续志》,准确的书名为《四续掖县志》,是民国年间修撰的一部县志,今存民国二十四年(1935)铅印本。这部县志的记载说明,妇女骑马或骑驴出门时,面部要戴障纱,这是清代山东地区一种重要的文化习俗。这种习俗在掖县(今莱州市)一带至少延续至民国初年,而蒲松龄的《聊斋志异》,是目前所知唯一一部记录了当时这一风俗习惯的文化典籍。

再如发式。《聊斋志异》的《画壁》篇,写到那位散花天女与朱孝廉有了私情之后发式的改变:

殿中塑志公像,两壁画绘精妙,人物如生。东壁画散花天女,内一垂髫者,拈花微笑,樱唇欲动,眼波将流。朱注目久,不觉神摇意夺,恍然凝想。身忽飘飘,如驾云雾,已到壁上……少间,似有人暗牵其裾。回顾,则垂髫儿,辗然竟去。履即从之。过曲栏,入一小舍……遽拥之,亦不甚拒,遂与狎好……如此二日,女伴共觉之,共搜得生,戏谓女曰:“腹内小郎已许大,尚发蓬蓬学处子耶?”共捧簪珥,促令上鬟……生视女,髻云高簇,鬟凤低垂,比垂髫时尤艳绝也。

这里描述的是清代女性结婚前后的不同发式。结婚之前待字闺中,发式为垂髫;成为人妇之后,则要改垂髫为上鬟,也就是在头顶绾起发髻,按淄博一带的说法,叫“绾纂”。

譬如饮食文化。《聊斋志异》中涉及的面食,有饼(面食的统称,指可以用手拿的面食)、蒸饼(馒头)、面饼(馒头)、胡饼(芝麻烧饼)、汤饼(面条)、馎饦(馄饨)、水角(水饺)、包子等等。这些面食一直流传至今,只是大部分叫法有所不同。

再如,茶文化。《聊斋志异》涉及茶碗、茶盏、茶盘、茶铛、茶臼、茶鼎等茶饮器具,以及客来敬茶、饮宴上茶、酒后饮茶、以茶代酒、茶果待客、以茶祭神、饮茶娱乐、路边施茶等饮茶风俗。这些饮茶风俗,同样大部分流传至今。

又如酒文化。《聊斋志异》涉及烧酒、白酒、药浸白酒、苦糯酒、绿醑葡萄等酒类名称和杯、荷叶杯、鹦鹉杯、小莲杯、爵、觞、觥、钟、盏、碗、壶、樽、瓶、瓻、罂、瓮等酒类器具，以及饮宴座次、尊酒礼、行酒令、以酒祭奠等用酒习俗。其中，许多用酒习俗也一直流传于后。

可以这样说，《聊斋志异》沉淀了极其厚重精深的中国传统文化内涵，它不仅是一部集中国传统文化之大成的短篇小说集，而且展示了大量的中国文化的细节和因子，是凝聚了中国风格、中国气派的"中国风"的重要渊薮之一。正因为如此，无论是外国人还是中国人，要想全面认识和了解中国传统文化，无法绕过《聊斋志异》；无论是外国人还是中国人，要想认识和了解"中国风"的内涵与特色，深入发掘与展现其中蕴含的中国文化因素，同样难以绕过《聊斋志异》。如果说，20 世纪 70 年代意大利人米开朗基罗·安东尼奥尼执导的《中国》、法国籍荷兰人尤里斯·伊文思执导的《愚公移山》、日本人牛山纯一执导的《上海新风》和美国人默里·勒纳执导的《从毛泽东到莫扎特》，某种程度上成为向世界展示 20 世纪 70 年代中国面貌的一个窗口，那么蒲松龄的《聊斋志异》，则在更为深广的层面上向整个世界和现代中国展示了更为厚重的古代中国文化以及风貌，它不是一扇窗口，而是千门万户的大型展馆；它不是一幅具有中国特色的风情画，而是一个展示了 490 多个故事的中国风文化长廊。

志红教授以其慧心慧眼发现了《聊斋志异》所蕴含的中国传统文化的深厚内涵，并从时下流行的"中国风"、新的现代视角入手进行发掘和考察，探幽揽胜，抉微烛隐。这对于中外读者通过这部文学名著进一步深入认识和了解中国文化的内涵和特色而言，是一件很有意义的事。踏平坎坷成大道，一路豪歌向天涯。预祝志红教授在聊斋学文化研究的征途上一路高歌，越做越好。

是为序。

邹宗良

庚子秋分日于山东大学五宿舍之望云轩

目　录

第一章　蒲松龄其人及《聊斋志异》

一、蒲松龄其人

明崇祯十三年即 1640 年，那年春夏之交的四月十六日夜间，对于许多人来说，也许是一个普通的夜晚，可是对于中国文坛来说，却有一个喜讯，因为在如今的淄川区洪山镇蒲家庄诞生了饮誉世界的中国著名的短篇小说作家——蒲松龄。

不管传说中人们对蒲松龄的出生增添了多少传奇的色彩，也不管蒲松龄先前的祖先在淄川曾经多么显赫一时，又是怎样地经历了夷族之祸，我们只知道，到蒲松龄出生时，他们的蒲氏家族已经归于平静。他的父亲因为读书未考取功名而弃儒经商，经过细心打理、勤奋经营，已经把小日子过得殷实富裕，也置办了房产和田产。

后来，绝顶聪明的蒲松龄在父亲的教导下，很快就成为当地才俊。19 岁那年，意气风发的蒲松龄一连夺取了县、府、道三试的第一名，成为秀才中的翘楚。并且，当时受到了富有诗坛“南施北宋”（指安徽的施闰章、山东的宋琬）美誉之一的山东学道施闰章的大加赞扬。谁都知道，蒲松龄的考试文章，不是中规中矩的八股文，但却是极富想象力和艺术创作力的文章。有人说，是施闰章害了蒲松龄，是他给蒲松龄制造了一个假象，一个可以通过写这样的文章而继续考取功名的美丽的梦境。施闰章的“误导”，让蒲松龄在早期的考取功名的道路上没有改正这样的毛病，也就使其在以后的科举道路上屡屡碰壁。

笔者则以为，站在后人的角度，我们应该感谢施闰章。正是施闰章的肯定，使得蒲松龄一直坚持不断锤炼自己的艺术创作才华，才使后人有幸读到语言如此风华卓绝的《聊斋志异》——因为整部《聊斋志异》，蒲松龄写出来的曲折离奇且富有情味的故事是可以当作优美的诗文来读的。也正是由于科场的失意，才使得蒲松龄能对人生、命运、社会、官场、文化有了更深刻的体验和领悟。如果少年得志的蒲松龄踏入仕途，未来的人生也许应是另一番境遇。连篇累牍的官文，会不断地消磨掉他那曾经烂熟于胸的文学之梦；官场的阿谀奉承会使他丢失自我，再也找不回原来那个敏感的文学心灵。如果是这样，我们还能读到如此使人振聋发聩、含蕴丰厚的《聊斋志异》吗？因此，从这个角度来说，我们要感谢施闰章。

不管怎么说，蒲松龄后来没有走进官场，没有持续其年轻时代的辉煌，甚至在生活上亦不如年轻时代富裕。结婚、分家让蒲松龄得到的是薄田破屋，失去祖荫让他成熟了不少。如果说做“郢中诗社”时，蒲松龄还葆有年少轻狂的浪漫，那么到25岁分家时，蒲松龄已经不得不走进现实、直面人生了。这样的人生履历，对于有写故事天分的蒲松龄来说是一笔财富，因为这样的现实是他第一次面对人性，面对人性中不是那么温情的一些东西。也许，其《聊斋俚曲》里的《墙头记》，关于兄弟妯娌的描写，大约源起于这次分家的人生体验。

一方面，写小说，写故事，离不开对生活的体验，也离不开生活的历练。正是在生活的碰撞与打磨中，蒲松龄不断地理解生活、感悟生活、思考生活。无论是当年的分家，还是那次短暂的宝应幕僚之旅，以及他一辈子做得最长的塾师生涯，都为他提供了创作素材与人生感悟。另一方面，作家本身就是社会的一个分子，作家的思想情感不可避免地会带上社会生活和思想文化的烙印。通过解读《聊斋志异》的文本，我们可以用另外一种方式走进蒲松龄生活过的明末清时代，去理解那个时代中国和中国人的思想。

总之，蒲松龄是一个深深扎根于广大普罗大众的作家，是一个如此贴近那个时代平民生活的作家。正是基于这样的人生履历，蒲松龄离不开民间土壤，离不开中国文化元素，是这些东西滋养了他。同样，他的创作也离不开中国元素。作家蒲松龄的小说集《聊斋志异》展现了中国特色的时代、中国特色的中国人、中国特色的小说故事，当然它也一定是诸多中国以外的读者了解中国人、中国历史、中国文化的最重要载体。

二、《聊斋志异》概略

《聊斋志异》简称《聊斋》，俗称《鬼狐传》，是享誉世界的中国短篇小说集。

鲁迅在《中国小说史略》中评价说是“专集之最有名者”；郭沫若在蒲松龄故居题词，盛赞聊斋“写鬼写妖高人一等，刺贪刺虐入骨三分”。即使是当年，蒲松龄写成此书后，拿给当时诗坛泰斗桓台的渔洋山人（即王士祯）看，王亦欣然写下：“姑妄言之姑听之，豆棚瓜架雨如丝。料应厌作人间语，爱听秋坟鬼唱诗。”可见人们对该小说集的喜欢程度。

蒲松龄的小说集《聊斋志异》的流传，一开始依靠的是喜爱者的竞相传抄。于是，在不同时期，从不同的流传者那里流出了不同的版本。据初步统计，达六十多种。现存较重要的版本共十余种，其中最重要的为半部手稿本、铸雪斋抄本、青柯亭刻本。按它们的性质、内容区分，大体可分为以下四种类型：一是抄本。这是在作者成稿后、刻本未出前在社会上流传的抄本。这些抄本，由于诸家传抄，各有点窜，鲁鱼亥豕，自不能免，卷数、目次也不一。较早的有康熙抄本、铸雪斋抄本和黄炎熙抄本等，它们大都来源于稿本，内容比较可靠。后来各家刻本，一般以此为依据。二是初刻本。现存最早的刻本是乾隆三十一年（1767）赵起杲青柯亭本，但此时距蒲松龄殁后已半个世纪。在乾隆年代所出的初刻本，形式和内容也很不一致，有截其序者，有去其题词、例言、小传者，有删其短篇者，有分门别类者。其较重要的，除青柯亭本外，还有王金范本、李时宪本、步云阁本等。三是译注、图绘本。清嘉庆、道光以后，《聊斋志异》广泛流传，引起了当时社会上文人学士的重视，于是相继出现了冯镇峦、何守奇、吕湛恩、何垠、但明伦等评注本，后来铁城广百宋斋又仿我国古代小说体例为该书作图绘。无论评注、图绘，都几乎以青柯亭为底本，而且版本较多，印刷量较大，对《聊斋志异》的传播起到了推波助澜的作用。四是补遗、拾遗本。当清末各种刻印本大量出现以后，有好事者，又方搜远绍，符其原稿，以各种传抄本核对，摘出其未刊者，作补遗、逸编、拾遗而加以刊刻，使蒲氏一生心血“俾遗珠得还合浦”。

蒲松龄从青壮年就开始了《聊斋志异》资料的搜集整理和写作工作。正如他的挚友唐梦赉所说：“于制艺举业之暇，凡所见闻，辄为笔记。”再加上“四方同人，又以邮筒相寄，因而物以好聚，所积益夥”。从稿本所记故事情节的时间[最晚是清康熙四十六年（1707）的《夏雪》《化男》篇，蒲氏时年 67 岁]和稿本修改情况分析（除个别篇章、条目有修改外，其余大部分是誊写工整的），当是作者晚年最后的修订稿本。因此，他的儿子蒲箬等所作的祭文都说：“暮年著《聊斋志异》。”稿成后，由于蒲氏家道贫寒，后裔也“无力梓成”，一直藏在家中，亲朋好友（如唐梦赉、济南朱氏等）都曾向他借抄过。后来越传越广，竟到了“人竞传写，远迩借求”的程度。乾隆三十一年(1767),莱阳人赵起杲刻《聊斋志异》,就是据传抄本刊刻的。后来传至同治年间,蒲氏七世孙蒲价人(字硕庵),将稿本带往东北沈阳。其子英灏后供职清盛京将军依克唐阿幕中,曾将半部手稿借给依克唐阿阅读,而依克唐阿因事赴京城却不幸染病身故,又适值当时遽遭庚子八国联军侵华之乱,致使其所带去的半部手稿亡失。1934 年,《北平晨报》曾报道过如下消息:苏联科学院远东分院图书馆藏有蒲留仙《聊斋志异》原稿四十六卷。这是否就是那亡佚的半部手稿呢? 可惜一直未能得到进一步证实。尚存的半部手稿传至蒲氏后裔蒲文珊。除《聊斋行乐图》(长六丈)被其叔父蒲英芳变卖外,尚存的其他原稿在 1948 年东北西丰解放后,被蒲文珊乃转赠我国中央文化部,归北京图书馆收藏,后又转交辽宁省图书馆并珍藏至今。

三、《聊斋志异》研究及在传播中的尴尬

(一)《聊斋志异》研究爬梳

学界对蒲松龄以及《聊斋志异》的研究,仔细梳理,不难发现,可大致分为以下几类:

第一,搜集整理蒲松龄相关文献并做研究。这一方面,做得最早的当属同是淄川人的路大荒先生。路先生利用自己工作的方便,积极搜求蒲松龄遗书,先后得到淄川天山阁主人王敬铸辑佚的《聊斋遗文》《聊斋套色画册》《般阳诗萃》等珍本书籍。后来,他又搜集到了同治乙巳抄本的《聊斋志异》原本和《四六文集》。其中,以蒲松龄手抄的《祭文》最为珍贵。路大荒先生曾经这样回忆自己获书时的欣喜若狂:“然在文号会角声之中,资斧告罄之时,尚恋之一书,人间尚有我之痴耶乎? 然能聊慰自痴,何顾后人之讪笑也!”1932 年,路大荒先生撰写了《蒲柳泉先生年谱》,接着又先后在《国闻日报》《华北日报》《大公报》上发表《蒲柳泉先生年谱考证》《蒲松龄先生遗著补考》《蒲柳泉先生故乡访书日记》等重要的蒲学研究文章,并于 1935 年在日本出版了他注释的《聊斋外书・磨难曲》。直到 1936 年,他经当时山东省立图书馆馆长王献唐先生的介绍,认识了上海世界书局的赵苕狂。路大荒先生所编的划时代巨著《聊斋全集》遂由该出版社出版。该书收录蒲松龄的诗文 650 余篇、俚曲 10 种,并附有《蒲柳泉先生年谱》,成为自光绪年间耿士伟对蒲氏遗书结集之后最全面的“聊斋”全集。因此,不管我们读过何种本子的《聊斋志异》,我们都应该感谢路大荒先生,没有他

的搜集整理，没有他的痴迷聊斋，我们今天看到的各种资料也许不会那么全面。

第二，考证型研究。考证型研究，有的是基于对蒲松龄身世、族属，有的则是基于某些写实性质的篇章。早年，留美博士归来的哲学和史学大家胡适先生曾经对蒲松龄做过一些考证。胡适在其“大胆的假设，小心的求证”理念引导下，对世界短篇小说之王的蒲松龄进行考证。如今，做这方面研究影响最大的当属山东大学的邹宗良先生。邹先生就蒲松龄一生中的诸多细节进行了细致的考证与史料搜罗，让我们更全面地了解了蒲松龄当年生活的点点滴滴。这样的考证和梳理，让更多研究者和读者走进了蒲松龄和他的《聊斋志异》。另外，关于这方面，还有一种来自民间的声音，就是在蒲松龄的后代子孙中，有人专注于家族里流传下来关于蒲松龄及其更早祖上的一些事情，再结合一些身边的小史料进行一些生活角度的思考性考证。有些独辟蹊径，也算耳目一新。

第三，校点评译等研究。笔者以为，此种研究为聊斋的推广做出了巨大的贡献。还记得小时候热衷读《白话聊斋》，那时，不会关注到底是谁把那么古奥的古文翻译成了可以看得懂的白话文。我所了解的聊斋故事，大抵是从那些《白话聊斋》开始的。想想，如果没有《白话聊斋》，也许让孩子接触《聊斋》还要再晚几年。后来，长大了再看到张友鹤的“三会本”《聊斋志异》，更是激动不已。另外，还有一个《聊斋志异》的点评家，我们应该记住他，即同为清人的但明伦，其《自批聊斋》功夫独到，是文学史上的优秀之作，被誉为屈指可数的《聊斋志异》评论家。直到今天，笔者依然觉得，翻译《聊斋》不可或缺。针对今人的审美趣味，今人的阅读习惯翻译《聊斋》，依然是对《聊斋》的贡献。曾为蒲松龄纪念馆馆长的刘玉湘先生与就职于淄博师专的王光福先生合作，进行了诸多尝试，这是令人欣喜的举动。

第四，对《聊斋志异》文本的阅读与鉴赏。此种研究，在聊斋研究中蔚为壮观，有的从思想情感角度鉴赏，有的从艺术表达角度赏析，各有千秋。笔者最欣赏的，莫过于同是作家又为学者的山东大学教授马瑞芳先生对聊斋的解读和赏鉴。还记得，中央电视台那个备受关注的学术走进大众的栏目——百家讲坛。她走上讲坛，娓娓道来，就聊斋故事中的众多形象进行了细致而又极富情感的分析和表达。正是马瑞芳先生的讲解，也使聊斋故事走向更多的普罗大众。

（二）《聊斋志异》在传播中的尴尬

就清代小说而言，人们公认的有两大巅峰：一个是《红楼梦》，一个是《聊斋志异》。无论是《红楼梦》，还是《聊斋志异》，都给我们营造了一个纯粹的极富艺术美感的世界。在这个世界里，我们不仅读到了主人公们经历的故事以及他们的喜怒哀乐，还读到了深藏在故事背后的人性的喜悦和悲哀。

就《红楼梦》的研究来说，蔚为大观，研究著述，可谓汗牛充栋、多如牛毛，研究推广人员亦不计其数。如今，红学也好，曹学也罢，都已经把《红楼梦》的研究引向纵深，且已经成为一门世界性的学问。虽然迄今已有近 20 个国家有《聊斋志异》译本出版，以《聊斋》故事为内容编写的戏剧、电影、电视剧达 160 多出(部)，但较之《红楼梦》，则要黯淡许多。就影响的广度和深度而言，《聊斋志异》的研究还远远不及《红楼梦》研究。山东籍学者和山东的相关高校是研究《聊斋志异》的主力军，其他的研究者和推广者则不像红学研究那样均匀地分布在中国乃至世界各地。

我们还发现，对于许多读者来说，其对《聊斋志异》的理解依然停留于花妖狐媚的各类志怪故事，停留在对志怪小说的一般认知上。对于海外读者更是如此，他们的猎奇心理使他们更关注故事带给自己的惊悚和怪异的感受。不可否认，正是由于我们对《聊斋志异》的研究和推广力度还远远不够，才使得人们对《聊斋志异》的理解还依然流于肤浅。《聊斋志异》表面上是在写花妖狐媚的志怪故事，实际上却有更深刻的社会含蕴，是另外的一种关于社会历史的表达。而且《聊斋志异》沉淀了极其浓郁的中国传统文化内涵，蕴藉了大量的中国文化的细节和因子，是中国风格、中国气派的重要渊薮之一。正如邹宗良先生所言，无论是外国人还是中国人，要想全面认识和了解中国传统文化，无法绕过《聊斋志异》；无论是外国人还是中国人，要想认识和了解“中国风”的内涵与特色，深入发掘与展现其中蕴含的中国文化因素，同样难以绕过《聊斋志异》。《聊斋志异》中所展现出来的社会生活之全面、人性精神之深刻、语言表述之精美，值得每一读者去细细阅读和把玩。

第二章 《聊斋志异》的海外传播现状与特色分析

第一节 《聊斋志异》的海外传播现状综述

蒲松龄去世于18世纪初，青柯亭本问世于18世纪下半叶，而18世纪的西方已经进入资本主义社会，日本也已经是江户时代，接下来便是明治维新。这一时期，是世界各国的交流日益广泛且商业贸易日趋发达的时期。即使在闭关锁国的清初，蒲松龄的《聊斋志异》中，也还有这样一篇题为《外国人》的小说：

> 己巳秋，岭南从外洋飘一巨艘来。上有十一人，衣鸟羽，文采璀璨。自言："吕宋国人。遇风覆舟，数十人皆死；惟十一人附巨木，飘至大岛得免。凡五年，日攫鸟虫而食；夜伏石洞中，织羽为帆。忽又飘一舟至，橹帆皆无，盖亦海中碎于风者。于是附之将返，又被大风引至澳门。"巡抚题疏，送之还国。①

己巳是清康熙二十八年(1689)。在这篇小说中，蒲松龄主要描写了这些人的逃难经历，以及为什么身着奇异服装，并没有对这些人的长相、语言等作过多描述。可见，清初的人们对外国人已有一定的辨识度，且不会认为看到外国人是一件稀奇的事。

---

① (清)蒲松龄：《聊斋志异会校会注会评本》，张友鹤辑校，上海古籍出版社2011年版。本书的《聊斋志异》引文皆出自该版本，下面不再另注。

下面根据笔者所查阅的相关资料及各种网络资料，对《聊斋志异》在海外传播的情况进行大致梳理。

一、《聊斋志异》在东方诸国的传播

《聊斋志异》初步成书于蒲松龄中年时期，即康熙十八年(1679)，蒲松龄于该年写了《聊斋自志》。后来，经过作者不断地创作与加工，一直到18世纪初，依然有一些单篇的小说汇入到《聊斋志异》这本大书中。目前知道的《聊斋志异》写作时间最晚而又有年代可考的小说是《夏雪》和《化男》两篇。《夏雪》篇记载了康熙四十六年(1707)七月的事，《化男》篇排在《夏雪》之后，作者说“亦丁亥(康熙四十六年)间事”，这说明在康熙四十六年七月，《聊斋志异》一书仍然时有所作。《聊斋志异》的最终成书大约是在康熙四十六年之后不久，即蒲松龄的晚年时期。从蒲松龄生前始，直到他去世后50多年的时间里，人们一直在不断地传抄这部小说，足见《聊斋志异》的迷人程度。直到后来的青柯亭本问世之后，《聊斋志异》在国内的主流传播变为刻印的形式，并且一再刻印，流播海内，几乎家家有其书。

众所周知，中国在过去的汉、唐、元时期疆域广大，长期以来各种海事交流甚多。特别是在东亚地区，中国文化对周边邻国影响巨大。日本语中存在的唐音，日本、韩国文字中存在的汉字，都是它们的语言文化受中国文化影响的明证。在清代，日本和朝鲜王朝都曾到中国大量采购书籍。在这样的文化背景之下，《聊斋志异》很快传播到日、韩等国，也在情理之中。

(一)《聊斋志异》在日本的翻译传播情况

日本是与中国隔海相望的邻国，相隔所谓“一衣带水”的黄海、东海，与中国文化交流较为频繁。从秦朝时期的徐福带领三千童男童女东渡，甚至成为日本传说中所谓的神武天皇，到李唐王朝盛世的鉴真东渡，以及杨玉环最后死在日本的传闻，更可见中国文化对日本影响之巨。当然，关于徐福为神武天皇的事，根据陈恭禄的说法，《史记》无明确记载，陈寿也无记载，到范晔作《后汉书》有“妄解”，但仅据语言上的单双音的不同，认为秦朝时中国文化并未输入。① 不过，据传日本先民最早是从朝鲜半岛东渡的，而且日本接受中国文化是通过朝

① 参见陈恭禄:《简明日本史》，台海出版社2017年版，第9页。

鲜这个“二传手”进行的。大约在汉献帝期间，三韩[①]成为日本的属国后，日本更是比较多地接触中国文化。[②] 关于这一推断，朝鲜史无记载，陈恭禄有推断。因此，到蒲松龄生活的清初时期，中国文化传播到日本，其实算不上什么稀奇之事。我们知道，《聊斋志异》经历几十年传抄后，到乾隆三十一年(1766)形成青柯亭本这个较为完善的本子在国内广为传播，其后传播到日本当属情理中事。日本汉学家藤田祐贤认为，《聊斋志异》在乾隆四十九年(1784)被人们用海船运送到了日本后，便相继出现了各种类型的翻译、改编和再创作。[③] 根据笔者的搜集整理，有记载的除了神田民卫的《艳情异史》(1887)，集中收录了《细柳》《王桂庵》《寄生》《恒娘》和《五通》五篇译文，还有小金井君子于 1890 年翻译了聊斋单篇作品《画皮》，再有就是曾任日本驻清特使的矢野龙溪于 1903 年邀请文学家国木田独步将《竹青》《王桂庵》《石清虚》和《胡四娘》等篇译为日文。日译本最功不可没的是柴田天马，其自 1919 年出版《日译聊斋志异》收录 38 篇后，在 50 多年的时间里先后完成了十册本《全译聊斋志异》、六册本《定本聊斋志异》、二册本《易读聊斋志异抄》、六册本《完译聊斋志异》、七册本《完译聊斋志异》、四册本《定本聊斋志异》、四册本《完译聊斋志异》、一卷本《聊斋志异》等。其翻译的底本是青柯亭本。另外，增田涉、松枝茂夫、藤田桔贤和大村梅雄合译的《中国古典文学全集》(第 21、22 册)《聊斋志异》部分，底本是手稿本和青柯亭本。1970 年，日本又以此为基础出版了《中国古典文学大系》，底本是三会本。值得一提的是，日本还出版了《聊斋志异》的童话故事选本《献给少男少女的古典文学》，收录 39 篇。[④] 著名的《聊斋志异》日译者，还有佐藤春夫，其在 20 世纪上半叶翻译了 10 篇左右的聊斋故事，分别放在不同的集子里。

日本山口大学教授阿部泰说：“早在明治时代，《聊斋志异》就已经被译为日文广为流传。到 20 世纪初，《聊斋志异》在日本得到了进一步的普及，成为家喻

---

① 古代朝鲜半岛南部的三个部族——马韩、辰韩、弁韩，合称“三韩”，后合并为新罗。现在的朝鲜民族的成员均称自己为“三韩子孙”。

② 参见陈恭禄：《简明日本史》，台海出版社 2017 年版，第 12～13 页。

③ 参见王丽娜：《世界文库之瑰宝：〈聊斋志异〉在国外》，载《聊斋学研究论集》，中国文联出版社 2011 年版。

④ 参见王枝忠：《近 50 年〈聊斋志异〉在日本的传播和研究》，载《福建师范大学学报》(哲学社会科学版)2006 年第 6 期。

户晓的名著。”[①]清人鲍廷博在其拥有的最早日译版聊斋的翻译本(《艳情异史》)的题词中曾作过这样的形容:“‘传抄何假十手给,快睹争先一囊倾’;‘莫惊纸价无端贵,曾费渔洋十万钱!’”[②]

综上所述,作为享有世界声誉的《聊斋志异》来说,在日本的传播非常广泛,不仅有早期的几篇翻译介绍,还有后期的选本和全本翻译,且底本涉及《聊斋志异》几个经典的本子——青柯亭本、手稿本、三会本,甚至专门出了针对少男少女读者群的童话选本。不仅如此,在日本,《聊斋志异》还被改编成了广播剧、话剧、电影,有的改编聊斋故事时用蜡笔插画做插图,有的直接改编成日本民众喜闻乐见的《漫画聊斋志异》《聊斋志异图卷》《聊斋志异画本》。[③] 笔者认为,这与我国和日本在文化上有诸多相近性有关,毕竟其先民是从朝鲜大陆东渡而来。在文脉上对中华文化的喜欢和认同,使得日本人更易接受《聊斋志异》的中国文化因素。日本地理上存在于世界上最大的海沟——马里亚纳海沟边缘,地壳活动频繁,使得他们对非自然力量在心理上充满敬畏之情,基于这一个原因使得《聊斋志异》更易进入他们的视野也未可知。更有趣的,还有日本做的各种改编尝试,这也为《聊斋志异》在世界各国的传播提供了一些可资借鉴的途径和策略。关于这一点,我们将在第六章阐述。

(二)《聊斋志异》在朝鲜半岛的传播情况

周初,箕子封于朝鲜(今平壤),中华文明进入朝鲜北部;汉武帝灭掉朝鲜并将其分为四郡,中华文明进入朝鲜南部。[④] 在朝鲜历史上,大约从我国周初时期箕氏朝鲜,到卫氏朝鲜,都是我国避难或流亡人员统治朝鲜半岛北部,占据朝鲜南部统治地位的三韩大约由朝鲜土著统治;再到后来汉武帝灭掉卫氏朝鲜并将其分为四郡(朝鲜半岛北部)时期,南部的三韩也积极与其通好。可以这么说,无论是两汉还是魏晋南北朝时期,我国与整个朝鲜半岛在经济、文化上存在着密切的交流和沟通,文物和习俗上也基本共通。新罗甚至派大批留学生到大唐

---

① 参见佚名:《〈聊斋志异〉风靡国外 被誉为最好的小说》,http://liaozhai.yanxiang.org/liaozhai/lzzyzgw/201305/html,2013-05-10。

② 吴九成:《〈聊斋志异〉在海外台港》,载《世界华文文学论坛》1998 年第 3 期。

③ 参见王枝忠:《近 50 年〈聊斋志异〉在日本的传播和研究》,载《福建师范大学学报》(哲学社会科学版)2006 年第 6 期。

④ 参见陈恭禄:《简明日本史》,台海出版社 2017 年版,第 12 页。

学习，并最终借唐的力量统一了朝鲜半岛的三国。基于此，我们认为，在很长一段时间，朝鲜半岛的文化与中国文化基本属于一脉相承。韩国高丽大学教授崔溶澈认为，《聊斋志异》在18世纪中叶就已经流传到了朝鲜半岛。韩国的聊斋学研究兴盛则在20世纪80年代之后，主要集中在硕士、博士论文以及学术杂志上，研究队伍目前已达数十人。[①] 目前看，通过网络搜索我们查到的各类朝鲜语的《聊斋志异》翻译版本，基本在20世纪下半叶之后，且翻译的篇目都较多、较全面，最多的达到了435篇。2020年6月15日，笔者在期刊网搜索“中国小说在朝鲜的传播”时查到中文期刊的8篇文章，这些文章没有一篇涉及《聊斋志异》在朝鲜的传播，更多是关于《剪灯新话》《太平广记》《三国演义》《水浒传》《西游记》等世情故事或佛教故事在朝鲜的传播。笔者大胆推论，由于朝鲜与我国文化深度融合，其能阅读到较为广泛的中国小说，当然包括《聊斋志异》，可能是民族性格特征的因素使得其在选择中国古代小说时更喜欢接近现实生活题材的小说。

（三）《聊斋志异》在越南等东南亚国家的传播情况

中国与世界交流，最初依靠的是陆地“丝绸之路”，是亚欧连接线，后来随着海运事业的发展，海上“丝绸之路”也建立起来。海上“丝绸之路”连接的是中国与东南亚各国，甚至是非洲，所以中国与东南亚各国往来已久。东南亚各国与中国有诸多相似之处，诸如国民生活仰赖农耕以及精神上信仰佛教等，都使得许多中国人很早就下南洋，到东南亚各国生活。因此，我们所知道的新加坡前总理李光耀、泰国前总理他信和英拉等等都是华裔，不足为奇。《聊斋志异》青柯亭本问世于18世纪中叶，而据吴九成考证，“《聊斋志异》传入越南的时间，亦约在18世纪末或19世纪初”[②]，应属情理之中。

根据我们的整理，《聊斋志异》在越南出现较多的翻译版本，应该是20世纪初的事情。这些译本基本都属于选译性质，所译篇目也就十几至几十篇，并且诸多译者喜欢以其中的一篇小说作为《聊斋志异》选译本的书名，诸如《红玉》《霍女》等。另外，值得一提的是越南著名汉学家散陀的选译本《聊斋》出版于1937年，书中包括18篇小说译文，书前附译者的长篇序言，可代表越南学术界

---

① 参见佚名：《〈聊斋志异〉风靡国外 被誉为最好的小说》，http://liaozhai.yanxiang.org/liaozhai/lzzyzgw/201305/html，2013-05-10。

② 吴九成：《聊斋志异在海外台港》，载《世界华文文学论坛》1998年第3期。

研究《聊斋》的水平，此译本在越南产生了广泛影响。由于散陀一生不得志，其遭遇与蒲松龄近似，对蒲松龄创作《聊斋》的社会背景及思想基础理解深透，故其译文能准确而传神。散陀在他的译本序言中还采用比较研究法对蒲松龄的《聊斋》与越南著名诗人阮攸的长诗《金云翘传》作了比较论述。这是难能可贵的。

《聊斋志异》在越南能有较为广泛的传播，与两国早期文化传统的一致性，以及国土相连、交流密切相关。况且，就越南本土作家的小说创作来说，体量较少，质量上乘的就更少了。因此，在越南出现包括《聊斋志异》在内的众多小说广泛传播的现象应属在所难免。据说，《聊斋志异》等偏通俗、言情的中国小说在越南的传播比较火热，到 20 世纪初，中国古典小说广受当时越南群众喜爱，一些小说情节和人物更是家喻户晓。

综观《聊斋志异》在东方诸国的翻译和传播，特别是在日本、朝鲜半岛、越南，尽管各有各的实际情况却都不约而同地出现了非常可喜的局面。我们认为，一方面是受蒲松龄本人创作才华的影响，另一方面缘于与这些国家在文化上同中国都有千丝万缕的联系，有的甚至在文化上一脉相承，也就是说，这些国家和地域对我国文化的认可度较高。这样的现状，容易使目的语读者产生心理的悦纳，因此我们得到启发：文化传播首先应该解决如何产生心灵的共鸣和沟通的问题。接下来，我们在第六章中力主用《聊斋志异》的"中国风"特色以实现对目的语国家的有效传播，解决的最根本问题，其实就是希望通过该小说中国特色的大力展示以使目的语读者产生心灵的沟通和共鸣。因为人类的心理规律告诉我们，越是民族的就越是世界的，这也是鲁迅先生一直倡导的。

二、《聊斋志异》在西方诸国的传播

通过搜集整理《聊斋志异》在西方诸国的各类翻译，我们看到，早期翻译聊斋小说的是英国人郭实腊，翻译时间是鸦片战争后的 1842 年。《聊斋志异》的青柯亭本成书于 1766 年，但西方人了解《聊斋志异》是从鸦片战争之后，其入侵中国领土开始的。我们知道，早在秦汉时期的陆地"丝绸之路"打通的是中国与西亚各国乃至是欧洲的关联，中国流入西域及欧洲的是丝绸、瓷器、茶以及各类生活习惯。到清朝统治时期，清政府采用闭关锁国政策，其很少像以往的朝代那样与世界进行积极的交流和沟通。当然，这也就最终造成了中国在八国联军侵华战争中的失利，同时，中国的大门被西方列强用枪炮打开。《聊斋志异》的

英译本为什么不会更早时候出现在英语世界？《聊斋志异》最初在英语世界的传播与其在东方诸国的传播有什么不同？

通过前文的分析我们看到，《聊斋志异》在东方诸国的传播，更多是出于文化相通的真心喜欢和认可，是为了感受《聊斋志异》的艺术和故事魅力，这对双方来说都是基于天然的文化联通的主动传播。在这一传播过程中，两种文化在自然状态下平等地交流和沟通，如同自然界的河水，是一种自然流淌的状态，两者各取所需。但是《聊斋志异》最初在英语世界的传播，却不是出于如此美好的愿望，而完全是一种被动传播。

那一时期的欧洲各国经过第一、二次工业革命，国家在生产力和经济方面迅猛发展，以及在艺术上经历过文艺复兴之后的繁荣，使得以英国为首的诸多欧洲国家拥有了西方宗主意识。所以《聊斋志异》即使于 1766 年青柯亭本成书，17、18 世纪欧洲曾经兴起中国热，《聊斋志异》并没有随之传播到欧洲各国。直到西方列强打开中国大门，他们争得了诸多地方的统治权和租借权，为了更好地了解中国以便于统治，才开始了《聊斋志异》等文学作品的传播。

（一）《聊斋志异》在英语世界的传播

吴永昇、郑锦怀的《〈聊斋志异〉百年英译（1842～1946）的历时性描述研究》[①]一文，对《聊斋志异》翻译传播的篇目情况、译者情况以及翻译的目的都进行了系统解说，并将其分成 19 世纪 40～60 年代、17 世纪 70～90 年代、20 世纪上半叶三个时期。现简单总结如下：

西方世界翻译《聊斋志异》的翻译家都是汉学家，他们早期的单篇译作大多收入译著中或发表在报纸杂志上。先是 1842 年德国籍传教士郭实腊掀开《聊斋志异》向英语世界译介的序幕，接着美国外交官、著名汉学家卫三畏 1848 年编著的《中国总论》中就收录了他本人翻译的《种梨》《骂鸭》，再就是英国外交官、汉学家梅辉立发表《聊斋志异》单篇英译文《酒友》于 1867 年香港版杂志《中日问题解答》第 1 期。后来，英国驻华领事、汉学家阿连壁以《聊斋志异选》为总题译出 18 篇故事，连载于 19 世纪 70 年代香港版《中国评论》，她的本子比较关注聊斋的艺术价值。英国外交官、汉学家翟理思翻译的《聊斋志异选》分上、下

① 参见吴永昇、郑锦怀：《〈聊斋志异〉百年英译（1842～1946）的历时性描述研究》，载《北京化工大学学报》（社会科学版）2012 年第 3 期。

两卷，共164篇，堪称巨著。还有重要一点，翟理思采用的但明伦评本是著名的聊斋评本，在英语世界影响较大。翟理思在这本翻译著作(1908年修订版)的序言中说：“《聊斋志异》中保存了一些可窥见蒲松龄生平事迹的资料……蒲松龄的《聊斋志异》正如说英语的社会流行的《天方夜谭》一样，两个世纪以来，它在中国社会广泛流传，为人们所熟知。”①“蒲松龄的作品发展并丰富了中国讽刺文学，在西方只有卡莱尔的风格可与蒲氏相比。”②托马斯·卡莱尔是英国作家、评论家、历史学家，其以唯心主义批判资本主义，反对贫富不均，他著作丰富且对英国社会表现出敏锐的洞察力。翟理思将蒲松龄与卡莱尔相比，可见他对蒲松龄《聊斋志异》小说意蕴的深刻理解。进入20世纪后，诸如英国外交官、汉学家禧在明，法国外交官、汉学家德莫朗，美国的马顿斯、福纳罗、卡彭特等对《聊斋志异》的翻译传播，主要为外国人学习中文提供文本或供业余休闲。

此外，根据其他的搜索途径，我们还了解到：荷兰汉学家哥罗特在其六卷本《中国的宗教制度》中收录10篇与宗教有关的聊斋故事，这是从一个特殊的角度来观照《聊斋志异》，与其文化喜好有关。澳大利亚籍华裔汉学家邝如丝1946年出版英译本《聊斋志异》，收录了《阿宝》《莲香》等40篇，其中附录许多木刻插图，极富中国情味，这一版本较有影响力。1994年，邝如丝出版了全本的《聊斋志异》，这一版本也广受好评。另外，我国翻译家杨宪益、戴乃迭夫妇合译的《聊斋故事选》收录17篇，于1981年出版。二位先生能抓住聊斋的神韵和意境，独得蒲松龄的精神和心灵精髓，为有中国韵味的聊斋故事在英语世界的传播打下了坚实的基础。

综合《聊斋志异》在英语世界的翻译传播，我们明确感受到除聊斋早期被动传播中有故意的引导性误读外，后来的各种本子的翻译传播各有各的思考和取舍，但真正深受英语世界喜爱的本子，无一例外的都是那些特别了解中国文化精髓且带有浓浓的中国特色的本子，比如翟理思、邝如丝翻译的本子，以及我国学者杨宪益、戴乃迭夫妇翻译的本子。正是基于这样的分析和考量，在本书后续的相关研究中，我们希望借着《聊斋志异》的中国特色以向世界人民推介，以更有效地讲好中国故事。

---

① 王丽娜：《〈聊斋志异〉的民族语文版本和外文译本》，载《文学遗产》1998年第1期。

② 王丽娜：《〈聊斋志异〉的民族语文版本和外文译本》，载《文学遗产》1998年第1期。

(二)《聊斋志异》在俄语及相关语系的翻译传播

根据我们搜集到的资料，第一个介绍聊斋单篇故事给俄国读者的是莫纳斯迪列夫，其翻译的《水莽草》发表在《国闻》杂志1878年第195期上。然后是拉脱维亚文的《聊斋志异》单篇译作《阿宝》和《水莽草》，译者为彼得·施米特，分别发表于1894年和1897年。编辑成册者，最早当属1883年瓦里耶夫在《中国文选》中选译的《阿宝》等5篇。之后是苏联科学院院士阿列克谢耶夫的一系列聊斋故事的译本，包括1922年的《狐媚集》(29篇)、1923年的《神僧集》(40篇)、1928年的《异闻集》(21篇)、1937年的《异人集》(62篇)。阿列克谢耶夫院士是一个中国通，对司空图《诗品》及中国古典散文都有较深厚的研究，由他翻译聊斋故事，且按题材分成不同的类别进行整理，对《聊斋志异》在当时的苏联各地扩大影响起到了积极作用。阿列克谢耶夫自1910年开始发表《聊斋》单篇译文，到20世纪二三十年代出版多个《聊斋志异》的选本，再到后来其翻译文本的多次再版，直到他去世前夕，仍不断地翻译和修改译文，并撰写了许多关于《聊斋志异》的论文。正是基于阿列克谢耶夫院士的推广，《聊斋志异》在俄语及相关语系的翻译版本也出现了很多。我们看到，无论是1950年的安德里斯·伊欣版、1957年的费德林版，还是1977年的里任尼夫斯基版，以及1973年及1983年的艾德林翻译编选的各版，都离不开阿列克谢耶夫院士在20世纪二三十年代翻译出版的各类《聊斋志异》的选译本，都是从阿列克谢耶夫这里转译成当时苏联的其他各民族文字。当然，这一良好局面的取得，还得益于中苏间良好的邻里关系。“《聊斋志异》在俄国的传播与研究开展得早，持续时间长，成果丰硕。自1878年发表《聊斋志异》的第一篇译作以来，已出版的有蒲松龄作品俄译二十九种，体现了三代俄国汉学家的辛勤劳作。”①

基于此，我们应该感谢阿列克谢耶夫院士对《聊斋志异》在俄语及其相关语系传播中所作的不可磨灭的贡献。他的翻译影响了以俄罗斯为首的前苏联各独联体人民对聊斋的认知。60年来，他的译作鼓励并引导了许多翻译家翻译介绍聊斋。阿列克谢耶夫院士把《聊斋志异》的译本分成了不同类型，以帮助俄语世界读者阅读，对我们设计并确定《聊斋志异》的海外传播策略有一定启发意

① 刘蕾:《浅论〈聊斋志异〉在国外的传播与研究——以日本和俄国为例》，载《蒲松龄研究》2011年第2期。

义。我们在"故事背景连接中国风"中，就采用了按照不同"中国风"特色领域，分类进行系统介绍的思路。另外，阿列克谢耶夫的思想得益于他长期以来接受的东方哲学、东方文化的熏陶与滋养。他取《论语》"人不知而不愠"，把自己的书斋命名为"不愠斋"。他在《聊斋小说中的儒生个性与士大夫意识的悲剧》一文中写道："蒲松龄是在那种环境中写自己的小说的，在那里自由的思想公然受到压制，在那里心怀不满的爱国人士平常话语中任何一点对时政的影射，都可以被认定为有罪，受到死亡的威胁。"而蒲松龄由于"儒生个性的悲剧，他没有以儒家的不调和语言来谈论现实的勇气……而只能违背儒家的意识和良知，借助于一些荒诞不经的事物来维护自己的权利和信念"①。就阿列克谢耶夫个人翻译聊斋所取得的成就以及后来对俄语世界的影响看，再结合其个人的人生遭际，我们认为《聊斋志异》在海外传播需要那些真正懂得作者内心并能够与作者进行跨越时空的心灵沟通者，只有他们才能翻译出优秀的作品。这就需要我们在海外传播时需要对各篇聊斋小说的文化背景作较为真实形象的描述，以使读者能够接近蒲松龄的内心。

《聊斋志异》在俄语世界的翻译传播，上半叶倚靠阿列克谢耶夫院士的努力，下半叶则仰仗李福清院士的努力。李福清（1932～2012）院士编选并作序文及注释的《聊斋志异》选译本 40 篇，由契勒科完成翻译，影响较大。李福清院士是从大学期间接触汉语的，从其研究我国甘肃、陕西的苏联移民东干人的民间故事传说开始，到后来关注聊斋故事中民间传说母题研究，可以说是当前在俄语世界翻译并研究聊斋的第一人。

（三）《聊斋志异》在法语、德语等其他欧洲语世界的传播

法译文《聊斋志异》最早发表的单篇，是法国领事、汉学家于雅乐（中文名）翻译的《种梨》，其发表于巴黎《亚洲杂志》1880 年第 117 期。接下来，就是选译本。较早的是中国驻巴黎公使馆的总兵衔军事参赞陈季同将军编译的《中国故事集》，收录 26 篇，于 1889 年在巴黎出版。接下来是法国耶稣会神父、汉学家戴遂良编译的《汉语入门》的第五卷，收数十篇聊斋译本，这是为法国人学习汉语编写的法汉对照课本，1895 年出版。到 20 世纪上半叶，比较著名的是

① 李逸津：《跨越时空的心灵沟通——B. M. 阿列克谢耶夫"聊斋学"成功奥秘探论》，载《山东社会科学》2012 年第 4 期。

1923年阿尔方编译的《中国短篇小说集》(16篇)、1925年路易·拉卢瓦译的《魔怪集:蒲松龄小说选》(20篇)、1940年皮艾尔·道丹译的《中国故事集:聊斋志异选》(50篇)。

德文翻译方面,最早的当属德国著名汉学家顾维廉(中文名)编的《中国文学史》(收有《红玉》),1902年出版,属于单篇进入著作。然后是德国语言学家、翻译家马丁·布贝尔的译本《中国鬼神爱情故事选》(16篇),1911年初版,1927年再版;德国汉学家卫礼贤(中文名)编译的《中国神奇故事集》(15篇),1914年出版;埃里希·施米特的译本《聊斋志异》(25篇),1925年出版;章鹏高的德译本《〈聊斋志异〉选译——〈瞳仁语〉集》(21篇),2000年出版;罗泽尔全译五卷本于1987～1992年陆续出版。

关于欧洲其他语种的翻译版本,我们可以作如下大致罗列:狄·朱拉译的《中国故事集》(99篇),意大利语,1926年出版;库尔特·伍尔夫选译的《聊斋志异选:20个神奇故事》,丹麦语,1937年出版;雅罗斯拉夫·普实克选译的《命运之六道的故事》(51篇),捷克语,1955年出版;杜施·兹比科夫斯基及其他翻译家合作的选译本《聊斋志异》(18篇),波兰语,1961年出版;东妮·拉迪安选译的《黄英》(15篇),罗马尼亚语,1966年出版;波拉·别丽巴诺娃的选译本《龙》(36篇),保加利亚语,出版年份未知。

综上所述,《聊斋志异》在西方各国的传播情况是:英语翻译相对较早,由单篇到全本,由误读到欣赏,源于其对聊斋故事的不断深入阅读和理解。次之是以俄罗斯为首的俄语及相关语系。这一语系最早的传播时间比英语世界的要晚,但在译本的篇数上以及研究人员的水平上应基本高于英语世界的传播。特别是阿列克谢耶夫院士对蒲松龄及《聊斋志异》的理解可以说深入骨髓,所以他的译本影响了几代苏联人。还有后来的李福清院士,也是站在非常高的研究视野和层次上来分析《聊斋志异》的民间传说母题。笔者认为,出现此种状况主要源于地缘的接近,文化上沟通机会相对较多,理解也更深入,当然还有这些重要汉学家的努力。再次的是以法国、德国为首的欧洲国家。《聊斋志异》在西方诸国的较大面积传播应该始于19世纪下半叶,即比青柯亭本在中国本土出现又晚了一个世纪。笔者认为,其原因主要在于:地理距离较远,文化差距大,语言隔阂深,研究理解不够深入等。

第二节 《聊斋志异》的海外传播特色分析

一、地理距离上呈现近早远晚的特点

这一特点，从我们对东南亚地区的聊斋传播情形来看较为明显。日本、韩国接触到聊斋故事，是在青柯亭本产生后的20年之内。即使是语言不通的俄罗斯，也在1878年有了第一篇《聊斋志异》的翻译文章，早于其他大多数西方国家。因为大多数西方国家接触《聊斋志异》都是在20世纪初，英、法两国除外。俄罗斯社会科学院通讯院士李福清说："自从1878年发表《聊斋志异》的第一篇译作以来，已出版有关蒲氏作品俄译本29种，论述蒲氏的文章22种。三代汉学家中每一代都产生了著名的蒲研学人。蒲研成绩在俄国汉学史上可谓蔚为壮观。"①

我们说地理空间距离的拉近，为《聊斋志异》的传播带来了便利，这很好理解。因为这种地理距离的近便，容易使得国家与国家之间存在这样或那样的联系。比如，早在周初时期的箕子就定居于朝鲜半岛并成为其统治者，大唐名妃杨玉环死后埋葬在日本还备受日本人民爱戴，苏联的东干人就是我国甘肃、陕西的移民，越南早期亦受中国朝代统治，等等。这样的各种联系，就会使得中国与周边国家在文化上的隔阂稍微少些。这就是耳濡目染的魅力。这与我国历史上蒙古族统一中国的元朝，满族统一中国的清朝，都在统一后不久进行了不同程度汉化是一样的道理。民族与民族之间的交流，就像水与水之间的沟通，时间久了，总是朝着"你中有我、我中有你"的方向发展。更何况，中国历史上还曾出现极为强大的汉、唐以及疆域广大的元朝。这些朝代拥有的疆土，囊括了许多在今天意义上的外国。也就是说，就中国的许多邻国来讲，在过去的若干年以来已经烙上了中国文化的影子。

《聊斋志异》能较早在日本传播，且取得了非常大的成功，还与日本民族的民族特性有关。"日本是个擅于模仿的国家，大和民族是个擅长'拿来'的民族。

---

① 佚名：《〈聊斋志异〉风靡国外 被誉为最好的小说》，http://liaozhai.yanxiang.org/liaozhai/lzzyzgw/201305/html，2013-05-10。

明治维新前，日本几乎全方位引进中国文化，诸如文字系统、典章制度、文学作品、建筑式样、风俗习惯、宗教信仰、衣食住行等等。这些都是引进和模仿的对象。明治维新后，日本企图‘脱亚入欧’，全面引进和学习西方文化，西方的哲学思想、文学作品、生活方式、自然科学、教育体制等，成了他们学习和借鉴的内容。可以说对中国文化的消化吸收，开启了日本文明的历史，日本得以走出蒙昧；对西方文化的学习借鉴，日本得以迅速近代化。”[①]基于此，我们与其认为地理距离的近便以及相邻民族的民族特性带来了《聊斋志异》传播的方便，倒不如理解为文化上的相融和共通为《聊斋志异》在邻国的传播带来了便利。

在这样的基础上，我们就比较容易理解，为什么《聊斋志异》在英法两国传播的时间也较早的问题。英法为老牌帝国主义国家，他们的轮船、大炮在世界上所向披靡。18、19 世纪正是这些国家不断扩张疆土的重要时期，世界的各个角落都充满了这些国家的殖民地。中国香港在鸦片战争之后就变成了英国的殖民地，之后八国联军侵华，再到后来诸列强在中国建立各种租界地，都属于这种情况。一直到今天，我们看到在远离他们国土的许多海上的岛屿，依然在这些国家的统治之下。试想，除了坚船利炮为这些帝国主义国家进驻其他国家奠定基础外，还应该有一点，就是要了解这些国家的文化以便更好地统治或融合。因此，英法为了进入中国，势必要了解中国人的文化和心理，接下来翻译我国文化和心理载体的小说集《聊斋志异》也就不足为奇了。

《聊斋志异》较早在英法传播，还有一个重要原因不能忽略，就是此时期从英法兴起并迅速蔓延开来的浪漫主义文学思潮。

浪漫主义文学产生在 18 世纪末 19 世纪初的欧洲。这一时期是欧洲社会个性精神极大释放的时期，这种精神释放，就是表现自我。当轰轰烈烈的法国大革命使得人们沉迷在自由竞争的世界不能自拔，这与之前的启蒙思想形成巨大反差，便导致了个人思想的动荡。他们在打破旧传统、否定旧制度的过程中，追求展现自我的所谓自由、平等、博爱精神，强调个人的主观精神的重要性，高举个人主义的大旗，批判一切阻挡他们前进的思想意识。任何一个时代，思想意识的改变一定会带来文学创作思想的随时更新。欧洲社会的 18、19 世纪，正是人们欣赏并肯定属于个人的一切的时期。因此，在文学创作的表现形式上，他们依据主观感情的逻辑和表现理想的需要，充分发挥想象、夸张、虚构、变形、

① 李故静：《〈聊斋志异〉在日本的流变史》，载《戏剧之家》2016 年第 11 期(下)。

比喻、象征等非再现性的艺术手段，大胆幻想，构思奇特，手法夸张。他们不再那么关注生活的细节和真实，而是致力于表现理想中的世界和人生，用雄奇瑰伟的浪漫气势和五彩的笔触，给人们描绘并创造出了他们理想中的艺术世界。简单来说，那一时期的欧洲浪漫主义文学就是在作家感情和理想的强烈作用下，大胆地、人为地创造出虚构的甚至是变形的意象、人物或环境，按照理想中生活应有的样式，按照其主观的感情逻辑去想象和创造艺术世界。这是18、19世纪的欧洲政治、经济、文化社会带给人们的思想和情感变化，而且这一现象直接影响到了欧洲人的审美精神以及作家的创作风格，浪漫主义文学便应运而生。

就中国来说，在明朝出现了资本主义的萌芽，人们的思想也出现了较为自由的局面。明朝小说的代表作《金瓶梅》中出现了在我们今天看来依然算是惊世骇俗的描写便不足为奇。确实是时代使然，时代的文化氛围使然。可是到了清朝，中国又恢复到了对人进行无情禁锢的封建社会。蒲松龄则是这个社会的异数。他好读书、求功名却一无所获，他本该在这个禁锢人的社会里中规中矩地生活一辈子。事实上，蒲松龄表面上是这么做的，他一边读书，一边或做幕僚，或做教书先生，然后就是不断地参加科举考试。可就是他这样一个努力读书、醉心科举的举子，依然无望于考取功名、飞黄腾达。他在其《聊斋志异》自序中明确表明，这是自己的忧愤之作：

> 披萝带荔，三闾氏感而为骚；牛鬼蛇神，长爪郎吟而成癖。自鸣天籁，不择好音，有由然矣。

在世界把蒲松龄的门堵死之后，他找到了一扇表达自己情感的窗口。并且，清初时期的文字狱比较厉害，清兵入关后的连续几任统治者都有各种名头的杀戮或屠城事件。在这样的历史背景下，作家写文采用顾左右而言他的策略亦在所难免。于是，他的想象力在中国魏晋南北朝时期干宝《搜神记》的引领下，走向了描写另外一个世界的道路，并一去不复返。那些花妖狐魅的故事，只为描写其思想和情感的真实而服务。也就是说，蒲松龄创作的《聊斋志异》表面上是现实主义的创作，但又有浪漫主义创作的成分，这也正好契合了英法的浪漫主义思潮。

综上，《聊斋志异》能够较早在英法世界传播，归根结底还是文化和思想上的共通所致。这也告诉我们，未来的传播，首先应该为文化上的打通进行各种尝试。

二、翻译规模上呈现由单篇到多篇再到选本和全本的特点

这一特点，符合人们的认知规律特征。我们对事物的认识，总是由少及多。我们统计了一下最先翻译的单篇：《画皮》(日语)，《种梨》《骂鸭》《酒友》(英语)，《种梨》(法语)，《阿宝》《水蟒草》(俄语)，《红玉》(德语)。通过分析这些最早传播至海外的单篇聊斋小说，我们发现，在张友鹤辑校的《聊斋志异(全校会注会评本)》中，这些篇目的位置大多较靠前。其中，《种梨》《画皮》在卷一；《水蟒草》《酒友》《阿宝》《红玉》在卷二；只有《骂鸭》较为靠后，在卷四。可以想见，《聊斋志异》在起初的海外传播过程中，翻译者能够全部阅读或者阅读较多的情况应该比较少见。我们推测，翻译者的介绍并不是在掌握全部的聊斋小说后再进行精选。也就是说，在《聊斋志异》的海外传播早期，之所以有零星的单篇翻译，可能只是译者在读了一部分《聊斋志异》的文本后选择了一篇向自己国家的读者进行有侧重的介绍，其对《聊斋志异》可能并没有全面阅读和认识。

另外，我们还发现，首先传入国外的聊斋小说，并不全是在国内享有盛誉的篇目。以上几篇中，只有《画皮》《阿宝》《红玉》在国内普通民众中名声较大，其余几篇即使在国内，知道并了解故事内容的读者也相对较少，或者可以称得上少得多。这是什么原因呢？

蒲松龄创作的《画皮》，大约属于伦理故事，讲述了一个妻子是怎样对丈夫不离不弃的事情，尽管这个丈夫背叛了妻子。篇末，蒲松龄用“异史氏曰”的方式，表达了他的看法：

> 愚哉世人！明明妖也而以为美。迷哉愚人！明明忠也而以为妄。然爱人之色而渔之，妻亦将食人之唾而甘之矣。天道好还，但愚而迷者不悟耳。哀哉！

我们从中可以看到妻子的愚忠以及女鬼追求的惨烈。众所周知，日本女人对丈夫及家庭的全心付出，世界闻名。日语版译者首先翻译《画皮》，当然符合日本的文化内涵，日本读者也更容易接受这样的故事。

笔者以为，《种梨》的奇异程度有今天魔术的奇幻味道；《骂鸭》则是具有讽刺效果的小喜剧；《酒友》讲述的则是好朋友(异类)帮忙的故事；《阿宝》讲的是一个男人因爱成痴，最后赢得了女方青睐的故事；《水蟒草》是一个被鬼害成鬼又舍己救人的美好的温情故事；《红玉》讲的是一个侠义的女狐红玉的故事。这

些篇目最早在一些国家以单篇的形式被翻译，我们确实能感受到其与目的语国文化在某种程度上有契合，或者具有一定的普世价值观。

基于此，我们认为，在《聊斋志异》的海外传播策略设计上，确实应特别关注怎样与目的语读者在文化心理方面构成契合。我们提出充分运用《聊斋志异》的“中国风”特色，以使得目的语读者与之更好地融入与契合，不失为一种有效途径。

分析《聊斋志异》海外传播的选本尝试，日译本专选童话、苏联阿列克谢耶夫院士将选本分类的做法都是值得提倡和借鉴的。我们在进行新的传播设计时也需要按照一定的标准分类，从而为更有效地讲好中国故事服务。另外，也可能是因为笔者查阅的材料有限，我们发现全译本在各国影响力相对较弱。出现这种状况，主要是全译本与目的语读者沟通的有效途径和方式方法还未找到，再者某些篇章可能与目的语读者在文化心理上有一定距离。因此，如何进行改变、尝试正是我们在本书中特别想思考和解决的。

三、内容上倾向神秘的中国特色

中国是拥有五千年发展史的文明古国，特别在经历了封建统治后期的闭关锁国政策后，诸多国家对中国是不了解的，他们接受的信息里很少有关于中国的正面的、发展的、积极的信息。特别是清政府的节节败退越发使得他们对我国的认识基本停留在想象中的古板、落后的层面，且神秘色彩非常浓厚。正是基于这样的一种先入为主的认知，使得《聊斋志异》在海外的早期传播中那些充满神魔怪及艳情气息的小说较容易得到介绍。从最早翻译到世界各国的单篇聊斋小说看，这些故事的基本内容，除了与他国文化相契合外，几乎都可以归结为神魔怪加艳情。比如，日译版的称作《艳情异史》，俄语系列阿列克谢耶夫的选本译作《狐媚集》《神僧集》《异闻集》《异人集》，法译选本名为《魔怪集：蒲松龄小说选》，德译选本叫《中国神奇故事集》，捷克文选本取名为《命运之六道的故事》等。这样的命名方式，足可见人们是希望通过一些神魔怪及艳情题材来引起目的语读者的关注。这种关注的背后，其实是把中国当成了一个神秘的国度。

另外，法语版、德语版、意大利语版的翻译还多以“中国”命名，如《中国故事集》《中国短篇小说集》《中国鬼神爱情故事选》《中国神奇故事选》《中国故事集：聊斋志异选》；也有的以“蒲松龄”命名，如《魔怪集：蒲松龄小说选》《蒲松龄：聊斋志异选》。分析这些别样的命名，用“中国”来限定，显然是应对这些国家大多数人对东方古国的好奇而设计的，这也正应了鲁迅的那句名言：“越是民族的，就越是世界的。”我们认为，未来的《聊斋志异》海外传播策略，应该在中国特色上做足文章，不仅真正满足目的语读者对中国文化的好奇心，还要让他们真正喜欢中国文化，并能够懂得中国文化的好，也愿意接受中国文化。当然，我们认为这些选本以“中国”命名还有另外一重意思，就是表达故事发源地。以“蒲松龄”来命名的，则彰显了西方文化对个人的重视。《聊斋志异》许多小说篇目的命名恰好也符合西方人的此种审美理念。

在总结聊斋故事过去的传播经验时，我们还看到：罗马尼亚、保加利亚、吉尔吉斯用了他们认为最有代表性的篇章作为翻译集的名字，比如《龙》《黄英》。这是常用的短篇小说集命名方法，并不奇特。奇特的是，这些国家选择的代表性篇目，并不是我国读者心目中的精髓篇目，甚至少有人知晓，如上面提到的《龙》。龙是中国传说中最神奇的兽，小说尽管简短，却写出了龙的奇特。我们知道，龙是中国独有的神兽，代表了中国特色。《黄英》描述的则是神奇的菊花娘子。菊花，属于中国的十大名花之一，被我国文人称为“花中四君子”之一。在东晋，陶渊明诗句中即有：“采菊东篱下，悠然见南山。”东汉年间，重阳节期间，人们三五相约，赏菊花、饮菊酒、赋菊诗等这一重阳节民俗业已初步形成。黄巢《不第后赋菊》“冲天香阵透长安，满城尽带黄金甲”，写出了菊花魅力。另外，菊花是中国传统的常用中药材之一，主要以头状花序供药用，其味甘苦，性微寒，有多种药理作用，还可以做茶饮。可见，以“黄英”为题，依然凸显的是中国气质。

综上所述，从聊斋的海外传播的小说内容看，人们倾向的依然是聊斋故事里面的神魔怪以及艳情故事，我们认为，这是他们想象中的中国特色；再看那些选本的命名方式，无论是凸显中国，还是凸显中国特有的动植物代表，依然是试图通过介绍中国气质、中国特色以期引起目的语读者阅读聊斋故事的兴趣。相反，聊斋故事里面那些现实色彩浓厚的小说，或者这些看似神魔怪的小说背后的作者真实的思想情感，在《聊斋志异》的海外传播中并没有引起足够的重视。

四、语言种类较多，翻译精品较少

就中国小说领域来看，《聊斋志异》海外传播的语种比较丰富，这在我们前文的分析统计中可见一斑。“目前《聊斋志异》外文译本的语种共有二十多种，包括英、法、德、意、西、俄、日、韩、越等。在中国古典文学名著中,《聊斋志异》是拥有外文翻译语种最多的一部小说。同时,也是中国古典文学作品中外文版本最多的一部,达近百种。"[①]这是蒲学研究专家马瑞芳先生于2001年4月21日在蒲松龄故里参加第二届国际聊斋学术讨论会时提出的。可见,《聊斋志异》的传播范围还是比较广泛的,也可间接证明《聊斋志异》在世界读者面前潜在的认可度较高。最起码人们都知道有这样的一部来自中国的奇书——《聊斋志异》。当然,这是基于聊斋故事翻译的语种多,但精品相对较少,且还没有达到讲好中国故事的效果来说的。

通过前面的介绍和分析,我们也知道,《聊斋志异》的外文传播尽管种类繁多,由单篇到多篇,再到选本和全本,比较符合传播规律;但是我们依然发现,相对于这个庞大的翻译文本群体,其中的精品翻译文本则是相对较少的。在研究界公认的较好的翻译版本中,英译的有阿连壁、翟理思、邝如丝以及我国学者杨宪益、戴乃迭夫妇的版本,俄语译本有阿列克谢耶夫的版本,越南语的有散陀的版本。还有一个奇特现象,有影响的日语译本是加了插图或漫画的改编本。总结这些优秀的翻译家,基本有这样的共同点:热爱并精通中国文化,真正懂得蒲松龄的创作理念和创作情感,能针对目的语读者做有益的创新,并且这些翻译家都已不在人世。

文化与时俱进才能永远充满活力。不可否认,《聊斋志异》在海外传播过程中出现的优秀的翻译文本不算太多,但这并不是我们停止《聊斋志异》对外传播脚步的理由。时代在进步,文化在发展,《聊斋志异》的对外传播也应以新的面貌示人,以跟上时代的步伐。基于世界人民对《聊斋志异》的初步认知,我们更应该进一步加深人们对《聊斋志异》的理解和认识,并借助《聊斋志异》这一沟通中外文化的桥梁,使更多的外国人更深刻、更多面地认识魅力四射的中国。

我们坚信,《聊斋志异》还有巨大的海外传播空间。

---

① 《〈聊斋志异〉是拥有外文翻译语种最多的一部中国古典小说》,新华网,http://news.sohu.com/06/01/news144910106.shtml,2001-04-22。

第三章 《聊斋志异》的“中国风”潜质

第一节 “中国风”概述

一、“中国风”流行的文化背景

“近日，习近平总书记就人民日报海外版创刊30周年作出重要批示指出，希望海外版用海外读者乐于接受的方式、易于理解的语言，讲述好中国故事，努力成为增信释疑、凝心聚力的桥梁纽带。这也是总书记对创新对外宣传方式再次提出的明确要求和殷切期望。”① 自十八大以来，习总书记不仅提倡每一个中国人“讲好中国故事”，让世界人民认识中国，自己也身体力行宣传中国。他的各类讲话，无论在国内还是在国外，中国传统文化的精髓——诗词、绘画、建筑、音乐等艺术，都会从中自然地流出。

如何讲好中国故事？就是在文化交流中把那些中国特色元素描述好、表达好，以达到真正的文化交流的目的。

文化和文明的交流，是一个民族放眼世界、融入人类共创文明的最佳打开方式。3月28日，博鳌亚洲论坛2015年年会开幕，中国国家主席习近平在发表主旨演讲时说：中方倡议召开亚洲文明对话大会，加强青少年、民间团体、地方、媒体等各界交流，打造智库交流合作网络，让亚洲人民享受更富内涵的精神生

① 文松辉：《习近平“讲述好中国故事”给我们的启示》，人民网，2015-05-22。

活，让地区发展合作更加活力四射。① 正是基于这样的倡议，2019 年 5 月 15 日在北京召开了亚洲文明交流大会。"本次亚洲文明对话大会，聚焦亚洲文明交流互鉴与命运共同体的主题，旨在传承弘扬亚洲和世界各国璀璨辉煌的文明成果，搭建文明互学互鉴、共同发展的平台，增强亚洲文化自信，促进亚洲协作互信，凝聚亚洲发展共识，激发亚洲创新活力，为亚洲命运共同体和人类命运共同体建设提供精神支撑。"②

从我国一系列的主张和举动看，我们已经意识到了文明交流互鉴的重要性，并极力推进亚洲文明文化交流互鉴的进程。

基于此，我们可以看出，无论是理论层面，还是国家行为层面，文明交流已经成为时代的大势所趋。正是基于这样的时代背景和时代呼唤，我们每一位文化工作者和研究者都应该为这个因交流互鉴而精彩的世界献上自己的一份力量。我们知道，世界上任何一个民族的文明和文化，不仅存在于这个民族生产生活的方方面面，而且其文明的精髓几乎无一例外地存在于这一民族的各类艺术世界里。我们认为，在艺术的世界里，书法、绘画、音乐、舞蹈、建筑、雕塑、美食等不需要借助媒介，只需要心灵相通，就可以走进彼此的艺术世界，并进而表达自己的喜欢与不喜欢。只有文学艺术，是用语言文字表达情感和思想的艺术，不同民族使用的语言文字又存在着较大的差别，这就导致文学艺术在不同民族间进行交流时会存在一定的障碍。

不可否认的是，文学艺术在展示一个民族的民族精神、民族文明和民族文化等方面，几乎是最全面、最完整，也是最细致入微的。所以用文学艺术对不同民族间的文明进行交流互鉴无疑是最有效的，只是需要解决语言文字及文化方面的障碍。在目前国家需要进行更多文化和文明国际交流的背景上，寻找合适的中国文学经典，以解决相关交流障碍并最终实现文明的交流互鉴，将是文学艺术创作界和研究界的一件非常重要的事项。中国文言短篇小说集《聊斋志异》属于中国文学经典，其非常全面地描摹出了明末清初的中国普通百姓的生存现状且别有诗意。另外，它在世界短篇小说层面也享有较高知名度，其自产生一百多年后，传播至亚欧上百个国家和地区。关于《聊斋志异》的海外传播状况，笔者已经在本书其他章节作过详细统计和分析，此不赘述。虽然《聊斋志

---

① 参见习近平：《中方倡议召开亚洲文明对话大会》，人民网，2015-03-28。

② 《中国将举办亚洲文明对话大会　促进亚洲文明交流互鉴——中国国务院新闻办公室负责同志就举办亚洲文明对话大会答记者问》，中国政府网，2019-03-18。

异》在海外传播和交流上还存在着一定的缺憾，但笔者认为，这恰好为其在目前背景下更好、更全面地传播和交流提供了更多的可能和契机。

作为中国文学最经典的代表之一的《聊斋志异》到底该如何“讲好中国故事”，以实现更好的、更为广泛的文明交流和互鉴？在原有的海外传播基础上，怎样让《聊斋志异》焕发出更加艳丽的光彩？这是我们应该积极思考的重要问题。基于前文的分析，我们知道，《聊斋志异》在日本、朝鲜半岛、越南、英语国家、俄语国家的广泛传播，更多原因是基于地缘或历史原因的众多文化互通。并且，为了使这种互通更有效果，在翻译传播时特别体现中国元素会非常有利于《聊斋志异》的海外传播。再有，在翻译传播的过程中，全本的影响力稍弱，可能源于某些篇目在翻译传播的过程中还没有充分体现中国元素，或者还没有比较接近目的语读者阅读接受的范围。很显然，这样的传播现状与《聊斋志异》题材的广泛性、艺术的多样性、思想的深刻性来说是不相匹配的，聊斋故事的海外传播还有非常大的提升空间。正是基于以上分析，我们认为，非常有必要对《聊斋志异》进行更深入的挖掘和探索，希望能把其更多方面的文化魅力展示出来，以引起更多人的关注、喜欢和认知。

“中国风”，是近年来屡次被人们提及的词汇。2020 年 6 月 22 日，笔者用读秀学术搜索系统进行关键词搜索，输入“中国风”，搜索结果如表 3-1 所示：

表 3-1 **“中国风”搜索** 单位：种

	期刊	报纸	学位论文	会议论文	书名	丛书名
全文	16454	12765				
关键词	4286	393	83	18		
标题	3888	9825	111	38	297	172

从表 3-1 我们看出，在报纸这一最体现时效性的媒介上，“中国风”的出现频率最高；报纸文章很少有“关键词”项，所以报纸的“中国风”关键词搜索出现频率低于期刊。次之的期刊，在全文字段、关键词及标题中的出现频率相当高。甚至在学位论文、会议论文、书名、丛书名的标题中，还有“中国风”字样 100～300 种。笔者认为，在目前文化背景下，“中国风”走进大众视野，横扫各个艺术领域，其中一个重要原因是国际交流日趋频繁，中国特色因素得到了普遍关注。

二、"中国风"的概念阐述

我们看到,"中国风"这一词汇目前已广泛应用到各文化艺术领域。但在众多的期刊论文中,很少有文章真正将"中国风"这一词汇给予精准定义。在大量阅读期刊文章后,我们发现绝大多数作者都是在描述感性的"中国风",只有两篇文章给"中国风"这一概念作了相关界定。

江苏理工学院的段杏元在其《中西方服装设计中的"中国风"现象及启示》中是这样表述的:

> "中国风"早期被称为"中国艺术风格",在《最新英汉美术名词与技法辞典》及《英汉百科知识词典》中都对该词条有过解释。有人将其理解为"具有中国情趣与情调的西方装饰风格,是西方人对中国传统纹样、装饰艺术的理解与表达"。包铭新教授也曾将其定义为"指一种追求中国情调的西方图案或装饰风格,在绘画、雕塑、建筑等方面都有应用,在纺织服装领域则主要表现于纺织品纹样和服装款式、色彩的设计"。可见"中国风"一词源于西方,与东西方文化艺术的交流密切相关。而如今的"中国风"具有更加丰富的内涵,可以说是建立在中国传统文化的基础上,蕴含大量中国元素并适应全球流行趋势的艺术形式或生活方式。近年来,"中国风"被广泛应用于流行文化领域,如音乐、服饰、电影、广告等。①

亳州学院的王小路在其《"中国风"插画的设计和创新》中则有过这样的表述:

> 所谓"中国风",是指中国风格,也就是中国发展历程中建立的文化形式和流行趋势。水墨丹青、陶瓷、茶叶以至于丝绸、中药等等,都是中国文化的一种符号,"中国风"体现的是中国人的一种审美以及处世哲学。②

比较这两段关于"中国风"的界定,段杏元的表达较为丰富,其认为该词来源于西方,是文化交流的产物。两者都提到了"中国风"是对中国风格的简化。

通过对那些冠以"中国风"界定的各类艺术或文化领域的名词进行分析后,在本书中,我们给出的"中国风"概念界定是这样的:"中国风",即中国风格,其

① 段杏元:《中西方服装设计中的"中国风"现象及启示》,载《武汉纺织大学学报》2018 年第 4 期。

② 王小路:《"中国风"插画的设计和创新》,载《盐城工学院学报》2019 年第 1 期。

表达格式常常是“××中国风”，是指这些“××”名词阐释的领域中带有较多的中国特色和中国元素，使得这些“××”名词所揭示的领域具有极强的辨识度，打上了鲜明的中国印记。

早在三四百年前，鲜明的中国特色就曾经影响过世界人民。所以鲁迅早就有过这样的论断——“越是民族的，就越是世界的”，这是一个真理。目前，在考察并欣赏世界各地的文化时，我们发现人们喜欢的并不是那些已经同一化的东西，而是那些极具民族特色的东西。比如：中国书画、中国剪纸、中国瓷器，特别容易引起欧洲人的喜欢；欧洲的罗马式、哥特式、巴洛克式等建筑风格，则是我们东方人喜欢并流连的。即使同在世界的东方，面对柬埔寨吴哥窟，相信吴哥窟地区之外的人都会感到很震撼；同样，面对敦煌莫高窟，敦煌地区之外的人，观看后依然也是感到很震撼的。说白了，这一心理现象促成了随着人们生活和物质水平提高后的旅游热。旅游本身，就是暂时逃离熟悉的生活生存环境，到另外一个拥有极强辨识度、极富特色的地方去感受异域风情。

正是基于这样一种心理现象，我们认为，要实现习总书记提出的“讲好中国故事”，很重要的一个思路，就是把中国特色介绍给世界，这是世界人民感兴趣的。简言之，就是把中国文化中那些“中国风”挖掘出来，用于“讲好中国故事”，让“中国风”成为中国艺术、中国文化走向世界的敲门砖。

在17～18世纪的欧洲，我们早就领略过“中国风”对欧洲的强大吸引力。欧洲的17世纪末至18世纪末的百年时间，曾流行“中国热”，他们对“中国风”的狂热追逐成为当时欧洲社会的普遍时尚。这种“中国风”尚体现在当时整个欧洲社会中，并渗透到了欧洲人生活的各个层面，如日用物品、家居装饰、园林建筑等。

17世纪以来，丝绸、瓷器、茶叶等中国特产开始大量进入欧洲，成为上流社会显示财富的奢侈品。据说茶叶最初传入欧洲时，曾被上流社会当成包治百病的良药，妇女们常用它来治偏头痛。1650年，英国一户普通人家一年的生活费用大约为5英镑，而1磅(0.45千克)茶叶的价值则高达10英镑。中国瓷器一直受到欧洲众多王侯的珍爱，被视为“东方的魔玻璃”，通常只有在王宫和贵族的客厅里才能看到。另外，中国的上等丝绸也受到欧洲消费者的极大欢迎。由于当时欧洲生产的丝绸质量比不上中国，所以他们便绘上中国式图案并注明“中国制造”，冒充中国丝绸进行出售。这种“山寨”中国制造的猖獗，足见欧洲社会对“中国风”产品的追逐。此外，来自中国的漆器、墙纸、扇子乃至轿子等都一度进入欧洲上流社会的生活。这种需求日益剧增，使当时从事中欧贸易的商人们大发横财。到1692年，荷兰东印度公司的赢利总额已超过1亿法镑[①]。在追逐各种中国器物的过程中，欧洲社会迅速形成了一种时尚，包括举行中国式宴会、观看中国皮影戏、养中国金鱼等，都成为高雅品位的象征。这种时尚最典型地体现为中国式园林与建筑在欧洲的盛行。1670年，一向以奢华著称的路易十四，下令在凡尔赛为自己的一位宠妃建造了一座“中国宫”。这座建筑一经落成，马上引来了欧洲各国的效仿。一时间，欧洲出现了许多中国风格的代表性建筑，其中最著名的要算普鲁士“无忧宫”中的中国茶亭。[②]

由此可见，带有极强中国特色、中国辨识度的“中国风”，在国际交流中能够起到至关重要的作用。无论是音乐、绘画、建筑、雕塑、电影、戏剧，还是以语言文字为主要载体的文学艺术，都可以凭借其浓郁的中国味道吸引更多海外人士。中国文言短篇小说集《聊斋志异》从内容到形式都是极具“中国风”元素的作品。可以想见，大力挖掘其“中国风”元素，将对以《聊斋志异》为载体的中国文化的海外传播与交流起到不可限量的作用。

三、“中国风”在文化传播中的作用

所谓“文化传播”，是指文化从一个社会传到另一个社会，从一区域传到另一区域，以及从一群体传到另一群体的互动现象。[③] 文化传播有多种分类方式，仅从文化传播的方向上分，可分为两种类型：一种是纵向传播，表现为同一文化内知识、观念、价值规范等的传承，与我们常说的文化传递大体相仿；另一种是横向传播，表现为不同文化的接触、采借，与文化输入、文化借用类同。[④] 本书中的文化传播，特指横向传播。这样的文化传播，旨在让不同文化区域的人们能理解、接纳并欣赏我们的文化，实现文明的交流互鉴。

文化传播受到文化本身的实用价值高低、理解的难易度、时代适应性和抗逆性以及在世界范围内的文明声望等多种因素的影响。在笔者看来，这几个因素的基础地位是逐层提高的。文化的实用价值是最基础的因素，面对一种新来文化，人们首先接纳的最低层次便是其实用价值。其次是容易理解，或理解起

---

① 法国的古代货币单位名称之一，又译作“锂”或“里弗尔”。

② 参见杨红利：《欧洲贵族曾用中国奢侈品炫富》，载《文史博览》2012年第1期。

③ 参见郑金洲：《教育文化学》，人民教育出版社2000年版，第101页。

④ 参见郑金洲：《教育文化学》，人民教育出版社2000年版，第103页。

来容易让人感兴趣，兴趣是最好的老师。再就是时代适应性和抗逆性问题，即适应性和抗逆性要强，这是新来文化在一个新的文化地域进行传播延展的基本条件。一般来说，达到了这三个要素要求，就会促成这一文化的文明、声望、水平的提高。同样，文明、声望、水平高，反过来又会进一步促使之前三个要素水平的提高。

文化人类学家 R. 林顿把文化传播过程分为三个阶段：一是接触与显现阶段。一种或几种外来的文化元素在一个社会中显现出来，被人注意。二是选择阶段。对于显现出来的文化元素进行批评、选择，决定采纳或拒绝。三是采纳融合阶段。把决定采纳的文化元素融合于本民族文化之中。从地理空间上看，文化传播是由文化中心区向四周扩散。根据传播途中信息递减的一般规律，离文化中心区越远的地方，越不能保持文化元素的原型。当一种文化元素传播到另一个地区以后，它已不是原来的形态和含义，在传播和采纳过程中已被修改过。因此，两地文化只有相似处，完全相同的文化十分少见。这一规律，在我们对《聊斋志异》的海外传播进行研究总结时可以感受到。

因此，由于文化源地、文化传播方式和路径以及影响扩散因素的复杂性，使得文化传播充满了较为复杂的变数。并且，在文化传播的过程中，其一定会因为进入另一文化地域而产生这样或那样的基于适应的细微变化。我们认为，在中外文明交流互鉴的过程中，特别是通过我们对《聊斋志异》在海外传播过程中所体现出来的特色进行分析，认为具有极强辨识度的“中国风”因素是实现其有效海外传播的基石。在文化传播中充分挖掘其中的中国特色元素，让“中国风”成为其辨识标记，容易引起不同文化地域人民的理解兴趣，并且中国文化中极具“中国风”特色的中国哲学对全人类的生存也有重要的实用价值。英国哲学家汤恩比曾说过：“如果有来生，我愿生在中国。”汤恩比在看完老子的《道德经》和孔子的《易经》后作出这样的论断：19 世纪是英国人的世纪，20 世纪是美国人的世纪。到了 21 世纪，人类会因为过度的自私和贪婪而迷失自己，科技手段将会毁掉一切。加上道德沦丧、信仰疲乏、心灵空虚，世界必将呈现空前的危机。要拯救三大生存危机，唯有中国儒家孔孟之道和大乘佛法，所以 21 世纪是中国人的世纪。无独有偶，著名物理学家霍金在 2018 年“未来智能中心”开幕仪式上也曾经忧心忡忡地说过，人类或将被人类创造的人工智能所毁灭。而面对这一困境，众多诺贝尔奖得主曾经这样宣布：“如果人类要在 21 世纪生存下去，必须要回到2500年前,从中国孔子那里寻找智慧。"[1]我们认为,随着中国文化在全球范围内受到越来越多的认可,特别是受到那些比较有影响力的世界级学者的肯定和赞赏,以聊斋文本为载体的文化传播会越来越顺畅。

到目前为止,中国是世界上绵延几千年一直保留并创新着华夏文明的唯一文明古国。在中国的文化哲学中,确实有太多值得令人借鉴和发扬光大的思想。孔子儒家思想的中庸、仁、和、义、礼,老庄道家思想中的清静无为、顺应自然、辩证法,以及印度及藏传佛教进入中原地区后形成中国化的佛教等各种思想,对人类心灵和思想的成长都具有不可估量的作用。中国文化和文明能绵延几千年并一直保持旺盛的活力,与中国国土上成长并不断丰富的儒、释、道等思想密切相关。中国文学就是诞生在这样一片神奇且文化丰富的土地上,利用中国文学进行文化和文明交流互鉴,应该是中国文明进行世界交流的有效载体,特别是久经考验的中国经典文学更是如此。

因此,在笔者看来,中国文学经典的对外传播具有得天独厚的先天优势。第一,在中国大地上靠儒、释、道思想滋养而成长起来的中国文学,渗透着中国文化绵延几千年的文明精髓,其对世界人民的生存之道来说具有一定的实用价值。第二,中国在经历过近现代以来大约一两百年的落后于世界的状况后,仅仅用了几十年的时间就迅速赶上,中国的进步对世界人民来说简直是谜,因此其对中国文化充满兴趣。中国文学,恰恰是中国文化最直接、最给力的载体。第三,中国文化绵延数千年并不断发展壮大,是文化生命力旺盛所致,可见其比较具有适应性和抗逆性,在这一过程中,中国文学就是最好的见证和表达。正是基于这样的思考,笔者认为,全力打造《聊斋志异》的海外传播,是时代对"讲好中国故事"这一责任和使命的强烈呼唤,也是具有世界声誉的短篇小说集《聊斋志异》在现时代应有的必然追求。

第二节 《聊斋志异》的"中国风"潜质概说

《聊斋志异》的作者蒲松龄生活在清初的淄博。作为一名普通的学子,他一直生活在广大民众中间。从其著述来看,有许多接地气的东西,比如俚曲、农书

① 《75位诺贝尔奖获得者发出的联名倡议》,载《堪培拉日报》1988年7月1日。

和学生识字的字书等。另外，蒲松龄作为一个传统的、一直醉心参加科举考试的读书人，在其内心深处一定广受中国传统文化熏染。也就是说，蒲松龄的生活和创作都是基于原汁原味的中国文化浸染，其思想和创作自然浸透着中国特色元素的一切。

接下来，我们将从《聊斋志异》的思想内容、艺术表现、生活哲思三个方面略谈该短篇小说集的“中国风”特质。其后，我们将在本书中分别用几个章节来详细阐述《聊斋志异》这些特质的具体表现。

一、思想内容中的“中国风”特色

按照马克思主义的观点，人有自然属性和社会属性两种属性。从人的社会属性看，人的本质在其现实性上是一切社会关系的总和。就这一层面来说，中国的社会关系与欧美的社会关系有差别：中国讲究伦理纲常，欧美崇尚自我。因此，中国的社会关系具有中国特色元素，其有别于其他世界各国。形形色色的聊斋故事里展示的，当然是中国特色的人伦关系、社交礼仪和爱情婚姻理念。

（一）人伦关系方面

在中国传统文化中，人伦关系规范最讲究的原则是“三纲五常”。这一原则，一直贯穿在中华文明绵延几千年的进程中。中国能够稳步向前，这一带有中国特色的人伦规范起到了不可忽视的作用。直到如今，我们对这一原则依然有各种各样的非议，其实我认为在很大程度上是因为我们把这一规范连称并放在一起理解所致。仔细思考“三纲”和“五常”，我们发现，糟粕大多存于“三纲”，其在过去为加强君主专制提供了理论依据，但却容易走向愚忠、愚孝。即使在君主专制时期，“三纲”也应该建立在“五常”基础上，诸多处于宗主地位的统治者只强调从属者对他的服从，而没有以“五常”原则规范自己的行为，进而导致了变态社会关系的产生。正是基于“三纲”规则中对生命个体的不能够平等对待以及在规范封建秩序过程中的过分强调，使得人为划分的不平等，以及因不平等而存在的主从关系，在日常的社会生活规范中出现了诸多负面效应。在《聊斋志异》中，这样的例子不胜枚举，如《潞令》《张鸿渐》《梦狼》等，都是“三纲”原则的负面效应带来的社会现象。“常”有“恒常不变”的意思，作为仁、义、礼、智、信的“五常”思想，我们认为直到今天依然属于中华传统文化的精华，值得大力提倡，聊斋小说中诸如《丁前溪》《侠女》，让我们看到了“仁”者的光辉；《斫蟒》《张诚》《义鼠》，从不同角度让读者感受到了“义”薄云天给人们带来的震撼；《姊妹易嫁》，则让人体会到“信”的可贵。

（二）社交礼仪方面

所谓礼仪，是指关于礼的仪式。礼本属于“五常”之一，但因其在我们的文明中占有很大的比例，在此将其单列进行分析和阐述。孔子认为，礼是做人做事的道理和根本，提出了“不学礼，无以立”的观点。崇礼之人，礼的理念深植于内心，外在的行为则表现为一些仪式的表达，即所谓礼仪。儒家“十三经”中的《周礼》《仪礼》《礼记》，合称“三礼”，是我国最早记载古代礼制的著名典籍。可见，中国因礼而仪的文化源远流长。中国古人在约定俗成的那些具有重大意义的节日里举行相关的仪式，使得这些日子充满了意义，也让这些日子所形成的教化意义更加鲜明。仅从这一点来说，中华文明在世界舞台上都是璀璨的，其他国家望尘莫及，我们礼仪之邦的名号当之无愧。

随着人们对礼仪的关注和重视，礼仪也逐渐渗透到人们生活的方方面面，尊重他人也就变成了礼仪的核心和宗旨。《聊斋志异》中有近500篇小说，涉及人们日常生活的各个层面。我们随手翻检，就能读到渗透到字里行间的礼仪文化。举个简单的例子，即使是兄弟之间的情谊礼仪，小说《成仙》《叶生》《王六郎》的侧重点也是不一样的。小说集中描述了诸多关于婚礼的习俗，尽管其是借助异类来表现的，比如《狐嫁女》。

（三）爱情婚姻理念方面

人世间的婚姻大多都是基于爱情才会建立婚姻关系并组成家庭。不同种族面对的同样是这些生活的终极。在我们传统的爱情观里，真正的爱情莫过于这两样：一是深入骨髓的痴情以至于到苦情，二是共同的喜好以至于如神仙眷侣般琴瑟和谐。在聊斋小说中，《阿宝》非常精准地表达了这样的一种爱情婚姻理想。这是一种值得肯定和赞赏的婚姻，也是人人向往的爱情和婚姻的境界。另外，《聊斋志异》中还描写过那种不求同日生但求同日死的老夫老妻，比如《祝翁》；叙述过女方为了爱情不惜得罪亲人，并努力成全爱人的故事，如《胡四姐》。这是聊斋故事中美好爱情的模样，也是今人依然赞赏的。当然，受时代所限，聊斋故事中还有一类在作者蒲松龄看来非常美好的情感，即一夫多妻时代的家庭模式带来的所谓“美好”，反映了男权思想。比如，《莲香》《娇娜》就属于此类作品。还有《画皮》，王生夜里搭讪年轻女郎本身就是一夫多妻制思想的产物。在那一时代，相对于男人的自由奔放，人们对女人的禁锢却非常多。比如《青凤》中，在双方没有父母之命、媒妁之言之前，他们就杜绝女孩子与陌生男人聊天或产生感情。

二、艺术表现中的“中国风”特色

（一）语言骈文化

《说文解字》对“骈”的释义是：“骈，驾二马也。从马，并声。”段玉裁注：“併马谓之俪驾，亦谓之骈……骈之引申，凡二物并曰骈。”[①]骈文突出的是“骈”字，作为骈文的首要特征，对偶从一种修辞方式上升为一种文体组织形式。“界定魏晋时期的文章是否为骈文，应把对偶、四字句、六字句视为核心因素，其他作为从属条件。界定刘宋时期的文章，则应在前期的标准上加上用典作为主要标准。界定齐梁时期及其以后的文章，则应再把声律要求上。骈文在不同的时期有不同的内涵和外延，因此界定骈文，也应根据不同的情况来定。不能静态描述它的含义，而应动态地看待它，才更符合骈文的文体特征。”[②]基于这样的理解，我们也取骈文较为基本的因素——对偶、四字句、六字句，作为切入点，这一文体带有强烈的中国特色。在中国传统审美中，两两相对总是美的，这在我国的各类传统艺术中都有所呈现。

所谓“骈文化”，在本书中是指骈文倾向，也就是说文本所有的句子并不都是对偶、四字句和六字句，而是经常会运用到对偶和四六句。蒲松龄作为一个旧时代的读书人，文章语言是经得住推敲的，几乎篇篇精品，其在聊斋故事的语言表达中骈文倾向明显。

骈文属于中国特色文体，源远流长。《聊斋志异》的语言骈文倾向明显，无疑让小说的语言表达打上了鲜明的“中国风”烙印。通读全部的《聊斋志异》，不难发现其中的许多作品在语言表达上都会运用到对偶或四字句、六字句，作者在用与不用之间灵活切换，让故事的表述充满了中国文人的雅趣。很多时候，

---

① 许慎撰，段玉裁注：《说文解字注》，上海古籍出版社 1981 年版，第 465 页。

② 龙正华：《再论骈文的界定》，载《广西科技师范学院学报》2017 年第 2 期。

当我们朗读《聊斋志异》时，总会有这样的体会：它的语言表达既整齐又充满着变化，读来更像音乐，声音跌宕起伏。有时，我们甚至怀疑作者在进行语言表达艺术的展示和炫耀，以提示世人作者的艺术语言表达已炉火纯青。况且，在这些精美语言的背后，还有一个个稀奇古怪却内涵深刻的故事，真是令人拍案叫绝。

（二）虚实相生性

文论中的意境，由两部分构成：一部分是"如在目前"的较实的因素，一部分是"见于言外"的较虚的部分。其中，实境是逼真描写的景、形、境，虚境则是由实境诱发或开拓的想象审美空间。所谓"虚实相生"，是实境与虚境的互相成全与成长，也就是虚境同样可以促进实境的表现和表达。这是中国式审美有别于西方审美的重要方面。我们认可的上乘的意境描写应具有虚实相生的特点，这与中国的审美文化、中国人的审美心理特性有关——我们喜欢含蓄蕴藉、点到而不说破、言有尽而意无穷。这样的审美心理使得在意境的构成中，实境和虚境是互相促成和成全的。《列子·汤问》有"余音绕梁"的说法。《论语·述而》云："子在齐闻《韶》，三月不知肉味，曰：'不图为乐之至于斯也。'"朱熹集注认为："盖心一于是，而不及乎他也。"造成这样的状况，不仅在于描写孔子的专心赏乐，还在于展示音乐的魅力，其给人营造了广阔的想象空间。

《聊斋志异》作为非常经典的清代短篇小说集，中国特色的虚实相生的艺术技巧在各个小说中也是随处可见。比如开篇小说《考城隍》，讲的是一个姓宋的读书人临死时的一次梦境最后竟应验的事。关键是小说的梦境，在现实中竟然应验。特别是他在阴曹被考的八股文题目"一人二人，有心无心"，与实际的科考毫无二致。再如《庙鬼》，更绝。闹鬼，竟然是王渔洋父亲亲眼所见。还有一种虚实相生，是意在言外的虚实相生。这在《聊斋志异》的小说中更为常见。因为通过读蒲松龄的《聊斋自志》我们知道，蒲松龄的写作意趣并不在这些奇闻怪事本身，而是在于这些事情所反映的更为深刻的思想和情感。比如《婴宁》，看似描写的是一个无忧无虑与花相伴的爱笑的女子婴宁由爱笑到不爱笑的过程，但当读者仔细品味这个故事的意蕴时，也许能体味到现实人生把人改变的无奈和悲哀。

（三）用传奇以志怪

鲁迅在《中国小说史略》中评价《聊斋志异》的写作手法是“用传奇法，而以志怪”，而纪晓岚在《阅微草堂笔记》中评其“一书兼二体”，两者一褒一贬。关于纪晓岚的评价，笔者同意盛伟先生《纪晓岚质疑蒲松龄〈聊斋志异〉的创作方法史料分析》①中的观点。

传奇，是唐宋时代对小说的另外一个称呼，就是以史家笔法，传奇闻异事。这些故事还有一个特点，情节曲折迂回，篇幅较长。关于志怪，是魏晋南北朝时期产生的笔记小说，与志人小说并列。所谓“志”，是“记述”的意思，那么“志怪”就是“记述奇怪的人或事”。无论是志人，还是志怪，最鲜明的特点是简洁、明了、传神，故事简短。也就是说，传奇和志怪都属于我国具有传统特色的小说创作手法。而《聊斋志异》是将这两种手法融合在一起完成了聊斋故事的创作，尽管有其独特的一面，但寓传奇于志怪的中国特色还是都具备的。聊斋故事记述的都是一些奇闻异事，所谓志怪是也；但是在讲述这些奇闻异事时，作者常常谈起这些事情的真实发生地，或看到这一事件中的真实人物，如同史学家描述一些真实存在的历史史实一样，此即所谓传奇。蒲松龄运用这一手法，不仅使自己躲过了清初的文字狱，也让他在虚虚实实的“魔幻现实主义”中表达了自己隐藏在文字深处的内心情感。聊斋故事近500篇，几乎篇篇都采用了这一手法，最明显的莫过于《野狗》，借助了一个真实的历史事件，描述的却是一件怪异的事情。

三、哲思表达中的“中国风”特色

关于信仰，许多国人常常自惭形秽地认为，我们缺少信仰，在内心中也就缺少敬畏。其实是否缺少敬畏，与是否有信仰无任何关系。就像在国人眼中西方人似乎有信仰，那么他们就应该有敬畏。可是，当我们仔细感受并体味某些西方国家的所有行径，确实没有感觉到其还有什么敬畏。

仔细翻检我们的文化信仰，在国人心中扎根的是儒教、道教和佛教，这是我们的生存哲学，也是我们的信仰。中国的这三大哲学体系滋养着中华民族，使

---

① 参见盛伟：《纪晓岚质疑蒲松龄〈聊斋志异〉的创作方法史料分析》，载《蒲松龄研究》2012年第3期。

得古老的中华民族、中华文明一直到今天依然散发着无穷的魅力。

（一）因果报应思想

因果报应思想来源于中国佛教。出自唐代释慧立的《大慈恩寺三藏法师传》第七卷，意思是善因得善果，恶因得恶果，并且还会循环下去。在此理念中，若现世出现了一个神奇的现象，细究下去是源于早先的因果循环报应所致，这一报应论，关系到一个人的前生、今世和来生，即所谓三世因果。印光大师说：“（因果）转变由心者，譬如，有人所作恶业，当永堕地狱，长劫受苦。其人后来生大惭愧，发大菩提心，改恶修善，自行化他。由是之故，现生或被人轻贱，或稍得病苦，或略受贫穷，与彼一切不如意事，先所作永堕地狱长劫受苦之业，即便消灭。”①也正是因为佛教的因果报应思想的存在，所以佛教提倡人要一心向善。这是一种修行，这种修行充满着中国特色和中国智慧。

在《聊斋志异》中有太多表达因果报应的故事。这些故事同样也在告诫人们，向善才是一个人一生最好的选择。比如，《三生》《某公》就是通过描述人的前世今生，表达了向善的修行在一个人的生死轮回中是多么重要；《聂小倩》告诉人们无论之前你有多恶，只要你开始向善，并不断向善，便会有好报；而《僧孽》和《董生》则告诉人们，多行不义必自毙。正像蒲松龄在《三生》的“异史氏”评论中所提出的，“故贱者为善，如求花而种其树；贵者为善，如已花而培其本：种者可大，培者可久”，佛教因果报应的真谛，可谓振聋发聩。

（二）道教方术

很多人以为，在统领我国国民思想的儒、释、道中，儒教最深入人心，其次是佛教，道教的影响最小。但就笔者的切身观察和感受来说，除了儒教，在中国具有第二影响力的当属道教。成长在中华大地上的土生土长的道教，是发源于中国春秋战国的方仙道——一种崇拜诸多神明的多神教原生的宗教形式。道教把当年的道教圣人老子神化了，称其为“太上老君”。《道德经》有云：“道生一，一生二，二生三，三生万物。”在道教思想中，自然界能够衍生万物，其本源是“道”。因此，寻找“道”修炼成仙，便可以得道成仙、长生不死、济世救人。

所谓“方术”，在《汉书·艺文志》中是“方技略”和“数术略”的合称。“方技

---

① 李净通：《印光大师文钞精华录》，福建莆田广化寺1989年印行，第95页。

略"包括"医经""经方""房中""神仙","数术略"包括"天文""历谱""五行""蓍龟""杂占""形法",共十大类。上涉天文,下及地理,中揽人事,它是一种利用虚幻的超自然的力量来达到影响、控制或支配现实客体的法术。我国今天的中医中药和气功,以及众多传统节日的各种习俗活动,大都是从各种方术和道教仪式中逐渐演化而来,具有浓浓的中国特色。

《聊斋志异》中有一篇小说《焦螟》,就描写到几种道教方术。关东道士焦螟,先是采用符咒,继而改用"筑坛作法",最后又用到了狐妖附体。在《劳山道士》中描述的是真正得道仙人的道风仙骨,以及那些出神入化的方术。当然,聊斋故事中也有用自己炼就的方术做坏事的,比如《妖术》。因此,蒲松龄提出了这样的主张,一个人仅仅精通各种方术与真正的驱邪救人是不能画等号的,还需有德。比如,在《鬼哭》中,作者就提出"无德治鬼,鬼也不听"的观点。

(三)和为贵思想

在中国的文化传承中,扎根最深的是儒家思想,而道教和佛教只是人们处世的一种补充。所以我们说,在中国的传统文化中,儒家思想是核心。儒家思想引领人们勇往直前,为社会、为国家做贡献。在积极地为社会做贡献的过程中,儒家思想还教育人们要用中庸的思想武装自己的头脑。孔子早就告诫过人们:"过犹不及。"于是"和"便成为儒家思想的精髓。我们经常挂在嘴边的谚语——"家和万事兴""和气生财"等,就是因此而诞生。因此,"和"既是个体的处事策略,也是社会的建构原则;既是自我实现的境界,也是天下太平的体现。"和"是世间万物产生和发展的根本条件,也是处理人与人、人与社会、人与自然关系的准则。"和为贵"也就成为每一个中国人深藏内心的成功密码。这一极具中国特色的文化意识,与西方世界的进攻、破坏思路可以说有天壤之别。

这种思想也体现在《聊斋志异》中。比如,小说《四十千》告诉我们,和谐是你中有我、我中有你的融合;《陆判》告诉我们,和谐是我们在追求理想的时候还要有所为有所不为;《蛇人》告诉我们,动物与人类的和谐共处的美好;《雹神》告诉我们,即使是雹神,也希望不要伤害人类。

中华文明之所以绵延几千年依然焕发着朝气蓬勃的活力,不是没有道理的。儒、释、道精神不仅是中华文明的财富,还应成为世界文明的财富。有人说,就中国文化来说,道教是根,儒教是茎,佛是叶和花,生动形象地表达了这三种信仰在中国人成长过程中的重要作用。正是我们的血液里流淌着这些文化的基因，才成就了中华民族的今天。当我们带着这些信仰的精髓再次阅读《聊斋志异》时会发现，早在清初时期的蒲松龄，就已经感受到了中华民族儒、释、道文化无穷无尽的魅力。在他信手拈来的奇闻怪事里面，我们明白了在世间活着要讲仁、义、礼、智、信，要一心向善，才有来世的美好；要学会与自然沟通与和解，甘做自然的一部分，世界才会和谐。

第四章 《聊斋志异》思想内容的“中国风”特色

文以载道，这个后来成为文人们创作圭臬的理念，由唐朝文学家韩愈提出，并得到其后各时代作家的积极响应。按照学界的看法，文以载道的写作传统到清朝的桐城派散文作家那里才是收束。但在笔者看来，无论什么时代，作文的重要目的一定是表达作家的思想和情感。

蒲松龄属于清初作家，他的创作亦遵循文以载道之古训。《聊斋志异》中选取的题材，无非各类的花妖狐魅，却篇篇异彩纷呈，就像一个万花筒，给世人展示出了这样一个虚拟同时又无比真实的世界。这个世界里的人们，披着各种妖魅的皮囊，展现的却是像人类一样的故事。在蒲松龄这里，他不想只告诉读者这些奇闻怪事，他更想让读者能够懂得他那不为人知的思想情感世界。他希望，他的知音不只是黑塞山林里的那些魅影，还有世间忙忙碌碌的人类。

本章我们从思想内容角度分析《聊斋志异》浓郁的中国特色，涉及人伦思想、礼仪思想、爱情婚姻思想三个方面的内容。需要说明的是，这三个方面的内容并不是并列关系，而是具有一定的包含和交叉关系。在中国的传统文化中人伦思想的中心原则是“三纲五常”，而在“五常”思想中最关键的是“礼”。中国被称为“礼仪之邦”，可见我们对礼仪的重视程度。因此，在本章中，我们把礼仪思想单列为一节。在聊斋小说中，关于爱情婚姻的小说占据了重要地位，并且某些婚姻爱情思想是基于“三纲五常”理念的，所以其与本章第一节也带有一定的包含和交叉关系。还有，婚礼属于礼仪，我们放在了第二节加以阐述，与婚姻思想有关的部分则放在了第三节。

第一节 《聊斋志异》人伦思想的“中国风”特色

一、人伦思想概说

在中国传统文化中，人伦思想的核心是“三纲五常”。

孔子最早强调“君君、臣臣、父父、子子”(《论语·颜渊》)；后来孟子明确提出“五伦”概念，即君臣、父子、夫妻、兄弟与朋友，他强调“父子有亲，君臣有义，夫妇有别，长幼有序，朋友有信”(《孟子·滕文公上》)。再后来，《吕氏春秋》强调这三种关系中的“六者”要各当其位，“凡为治必先定分：君臣、父子、夫妇。君臣、父子、夫妇六者当位，则下不逾节而上不苟为矣，少不悍辟而长不简慢矣”(《吕氏春秋·处方》)；《韩非子·忠孝》提出“臣事君，子事父，妻事夫，三者顺则天下治，三者逆则天下乱，此天下之常道也，明王贤臣而弗易也”。此时，“三纲”思想呼之欲出。

明确提出“三纲”概念的则是董仲舒，他在《春秋繁露·基义》中说：

> 凡物必有合；合，必有上，必有下，必有左，必有右，必有前，必有后，必有表，必有里。有美必有恶，有顺必有逆，有喜必有怒，有寒必有暑，有昼必有夜，此皆其合也。阴者阳之合，妻者夫之合，子者父之合，臣者君之合。物莫无合，而合各有阴阳。阳兼于阴，阴兼于阳，夫兼于妻，妻兼于夫，父兼于子，子兼于父，君兼于臣，臣兼于君。君臣、父子、夫妇之义，皆取诸阴阳之道。君为阳，臣为阴；父为阳，子为阴；夫为阳，妻为阴。阴阳无所独行。其始也不得专起，其终也不得分功，有所兼之义。是故臣兼功于君，子兼功于父，妻兼功于夫，阴兼功于阳，地兼功于天。……是故仁义制度之数，尽取之天。天为君而覆露之，地为臣而持载之；阳为夫而生之，阴为妇而助之；春为父而生之，夏为子而养之；秋为死而棺之，冬为痛而丧之。王道之三纲，可求于天。[①]

他在《春秋繁露·阳尊阴卑》中说：

---

① 苏舆撰，钟哲点校：《春秋繁露义证·基义第五十三》，中华书局1992年版，第367～368页。

> 丈夫虽贱皆为阳，妇人虽贵皆为阴；阴之中亦相为阴，阳之中亦相为阳。诸在上者皆为其下阳。诸在下者皆为其上阴。何名何有……是故《春秋》君不名恶，臣不名善，善皆归于君，恶皆归于臣。臣之义比于地，故为人臣者，视地之事天也。为人子者，视土之事火也。虽居中央，亦岁七十二日之王，傅于火，以调和养长，然而弗名者，皆并功于火，火得以盛，不敢与父分功美，孝之至也。是故孝子之行，忠臣之义，皆法于地也。地事天也，犹下之事上也。地，天之合也，物无合会之义。是故推天地之精，运阴阳之类，以别顺逆之理。安所加以不在？在上下，在大小，在强弱，在贤不肖，在善恶。恶之属尽为阴，善之属尽为阳。阳为德，阴为刑，刑反德而顺于德，亦权之类也。虽曰权，皆在权成。[1]

董仲舒认为，在人伦关系中，君臣、父子、夫妻存在着天定的、永恒不变的主从关系：君为主，臣为从；父为主，子为从；夫为主，妻为从。这就是所谓的"君为臣纲，父为子纲，夫为妻纲"。

同样，董仲舒又从五行角度论证"五常"。他在《春秋繁露·五行相生》中说：

> 天地之气，合而为一，分为阴阳，判为四时，列为五行。行者行也，其行不同，故谓之五行。五行者，五官也，比相生而间相胜也。故为治，逆之则乱，顺之则治。
>
> 东方者木，农之本。司农尚仁……
>
> 南方者火，本朝也。司马尚智……
>
> 中央者土，君官也。司营尚信……
>
> 西方者金，大理司徒也。司徒尚义，臣死君而众人死父。亲有尊卑，位有上下，各死其事……
>
> 北方者水，执法司寇也。司寇尚礼……[2]

董仲舒把东、西、南、北、中比附于五行中的木、火、土、金、水，仁、义、礼、智、信与五个方位相关联——东方尚仁，南方尚智，中间尚信，西方尚义，北方尚礼，把"五常"与"五行"对应起来，因此"五常"就是自然、天道的要求，是不可轻易改

---

① 苏舆撰，钟哲点校：《春秋繁露义证·阳尊阴卑第四十三》，中华书局1992年版，第342页。

② 苏舆撰，钟哲点校：《春秋繁露义证·五行相生第五十八》，中华书局1992年版，第379～382页。

变的“常德”，这就从形而上的角度论证了仁、义、礼、智、信的合法性，甚至是永恒性。

后来，东汉后期的马融直接把“三纲”“五常”连用，将其完善成为一个完整的政治伦理道德体系。宋朝时期，朱熹发展天理说，把“三纲五常”与“天理”联结在一起，认为“三纲五常”是天理的展开，是“天理”体现于社会规范的当然产物，是永恒不变的协调社会关系的妙药。至此，朱熹把“三纲五常”思想论证为社会生活秩序的规范。

“三纲五常”思想经过董仲舒、马融、朱熹等人的定义和解读，为统治者稳定国家的社会关系和社会秩序以及培养愿意为国家的安定团结发展做贡献的子民奠定了坚实的基础。中国几千年的封建秩序一直稳定延展，我们认为与此理念有较大关系。可以这么理解，“三纲”思想有利于规范社会秩序，“五常”思想便于规范个人道德行为。这一带有极强中国特色的“三纲五常”思想影响了一代又一代中国人，其中就包括蒲松龄。

从客观角度说，在没有更好的社会规范原则之前，“三纲五常”原则对一个社会稳定有序地存续下去确实起到了至关重要的作用。当然，能够出现理学家们所提倡的纯粹的纲常天下，是他们所盼望的一个理想的社会状态。从某种角度来看，也未必是坏事。但是，任何理念在其理论层面的解读与实践层面的操作上总是有一定的距离，“三纲五常”的原则也不例外，特别在实践层面执行的“三纲”原则在较多情况下过分的、为人诟病的情况居多。从当今审视人性的角度来看，这一原则严重违背了人本主义思想里面对每一个生命个体平等尊重的理念。

二、“三纲”思想的负面效应

正是基于“三纲”规则中对生命个体的不能够平等对待，以及在规范封建秩序过程中的过分强调，使得人为划分的不平等以及因不平等而存在的主从关系，在日常的社会生活中出现了诸多负面效应。还有一点需要正视，那就是劳动人民长期在“三纲”思想影响下，大多数人犹如温水煮青蛙般失去了反抗的基因，变得逆来顺受。蒲松龄作为一个有社会责任感的、生活于社会底层的读书人，一直是关注社会弊病的，他当然能够感受到“三纲”思想给普通民众带来的消极影响。

（一）上欺下

在《聊斋志异》中，关于官府欺压百姓、主考官欺压读书人的故事随处可见，在这样的关系中劳动人民备受煎熬。这些官员能够实现欺压行为，就是因为他们有“三纲”原则的庇护。作为主子，就可以决定那些从属者的一切。

比如《潞令》。这篇小说比较简短，全文录于下：

> 宋国英，东平人，以教习授潞城令。贪暴不仁，催科尤酷，毙杖下者狼藉于庭。余乡徐白山适过之，见其横，讽曰：“为民父母，威焰固至此乎？”宋扬扬作得意之词曰：“喏！不敢！官虽小，莅任百日，诛五十八人矣。”后半年，方据案视事，忽瞪目而起，手足挠乱，似与人撑拒状。自言曰：“我罪当死，我罪当死！”扶入署中，逾时寻卒。呜呼！幸有阴曹兼摄阳政；不然，颠越货多，则“卓异”声起矣，流毒安穷哉！
>
> 异史氏曰：“潞子故区，其人魂魄毅，故其为鬼雄。今有一官握篆于上，必有一二鄙流，风承而痔舐之。其方盛也，则竭攫未尽之膏脂，为之具锦屏；其将败也，则驱诛未尽之肢体，为之乞保留。官无贪廉，每莅一任，必有此两事。赫赫者一日未去，则蚩蚩者不敢不从。积习相传，沿为成规，其亦取笑于潞城之鬼也已！”

故事中，县令宋国英为了催缴税赋，心狠手辣至极，被其逼迫致死的老百姓不计其数，甚至会常常出现“毙杖下者狼藉于庭”的场面。在故事中，他随意“毙杖”人，竟无一人反抗。有人看不下去，对他进行讽刺性询问，他竟引以为豪，声称上任不过百天即诛杀“五十八人矣”。这个县令竟残暴到此种地步，其辖区的百姓在他眼中连草芥都算不上。是什么助长了这个县令令人发指的行为而毫无忌惮？就是“三纲”思想。“三纲”思想不仅让他胡作非为，还让老百姓听之任之。面对这样的社会现象，蒲松龄毕竟只是毫无社会地位的一介书生，他只能寄希望于神秘力量对这个潞令进行惩罚。因此，小说中有这样的感慨——“幸有阴曹兼摄阳政”。当然“阴曹”是不存在的。作者寄希望于“阴曹”解决官员鱼肉老百姓，恰恰暴露了这一纲常思想发展至极的危害。

《聊斋志异》中也有那种想反抗暴政的人，比如《张鸿渐》的主人公就是这样的人。张鸿渐 18 岁时意气风发，与秀才们联名告发贪暴的卢龙令赵某，他是状子的起草人。故事中特别提到张鸿渐写状子的年龄是 18 岁，这是一个容易冲动的年纪。这恰恰反映了那一时代社会现实的黑暗,如果是在其壮年,他不见得有这样的勇气。后来,张鸿渐因“赵以巨金纳大僚,诸生坐结党被收”而亡命天涯。他的反抗,带来了更多的灾难,只有逃命。如果不是遇到善良的狐仙舜华帮忙,估计早就没命了。他的逃命生涯曲折离奇,充满艰险,但最后还是如愿看到了中举的儿子,且能够安然回家。我们看到,作为反抗者,张鸿渐之所以能够活着,得益于机缘巧合,得益于狐仙的帮助。换句话说,反抗者能得到最终的胜利,不是必然,只是偶然。这也正是那一时代底层人民的悲哀。

在漫长的封建时代,统治者希望用“三纲”思想让天下秩序井然。可是,中国官场却在“上有政策,下有对策”中形成了一整套的官场哲学。就像《梦狼》中,白翁当官的大儿子所秉持的做官理念:“黜陟之权,在上台不在百姓。上台喜,便是好官;爱百姓,何术能令上台喜也?”仔细阅读这一故事我们知道,蒲松龄借助白翁梦到狼来做比喻,官员们在百姓眼中其实就是吃人不眨眼的虎狼之辈。

以上三个例子,体现了“三纲”思想产生的负面效应之一——上欺下。我们认为,“三纲”思想只有在“五常”原则下才可以实现其积极的一面。但是,那一时期更多的官场人物只关注了他们拥有的权力,并没有领会这一权力必须在“五常”的道德规范下实行。我们看到,处于宗主地位者往往出于私心会毫无底线地欺压处于从属地位的人。《潞令》中的宋国英、《张鸿渐》中的赵某、《梦狼》中的白翁大儿子,都是宗主,他们对于从属者采取的欺压行为都残暴至极,且毫无惭愧之心,“五常”原则在他们那里根本不存在。蒲松龄作为一名封建时代的读书人,且一直未考取功名,也就无法进入统治阶层,面对这一现象,他并没有找到一条好的出路,在小说里只是用“孤愤”之笔,寄希望于花妖狐魅的非人类帮忙或拯救。这对大多数的底层百姓来说,恐怕都是如此。

(二)向上爬

“三纲”思想影响下的封建官场官员的恣意妄为和高高在上,使得处于底层的百姓对这一权力也充满渴望。因为只有摆脱阶层才能摆脱被欺压的命运,只有摆脱阶层才能拥有特权,所以正是这种非正常的“三纲”关系的存在,使得那些身在社会底层的人们拼命地摆脱固有阶层,那些处于官员下层的又想尽一切办法制造机会向上爬。于是,在我国病态的封建时代里,透过蒲松龄的《聊斋志异》,我们看到了这个偏离了善的目的而向上爬的万花筒。

在这里,笔者只选取一篇特别有代表性的小说《镜听》:

益都郑氏兄弟，皆文学士。大郑早知名，父母尝过爱之，又因子并及其妇；二郑落拓，不甚为父母所欢，遂恶次妇，至不齿礼：冷暖相形，颇存芥蒂。次妇每谓二郑：“等男子耳，何遂不能为妻子争气？”遂摈弗与同宿。于是二郑感愤，勤心锐思，亦遂知名。父母稍稍优顾之，然终杀于兄。次妇望夫綦切，是岁大比，窃于除夜以镜听卜。有二人初起，相推为戏，云：“汝也凉凉去！”妇归，凶吉不可解，亦置之。闱后，兄弟皆归。时暑气犹盛，两妇在厨下炊饭饷耕，其热正苦。忽有报骑登门，报大郑捷。母入厨唤大妇曰：“大男中式矣！汝可凉凉去。”次妇忿恻，泣且炊。俄又有报二郑捷者。次妇力掷饼杖而起，曰：“侬也凉凉去！”此时中情所激，不觉出之于口；既而思之，始知镜听之验也。

异史氏曰：“贫穷则父母不子，有以也哉！庭帏之中，固非愤激之地；然二郑妇激发男儿，亦与怨望无赖者殊不同科。投杖而起，真千古之快事也！”

蒲松龄写作这一个故事，想要表达的情感很简单：“投杖而起，真千古之快事也！”他是一个生活在那一时代的举子，对这种普遍性的社会氛围也是认可的，否则，他亦不会穷其一生都在求取功名。尽管他知道官场黑暗，他也看到了许多官员欺压百姓的事例，但他依然选择努力考取功名，然后做个一官半职。正是肯定其在考取功名道路上一直以来的坚定，到蒲松龄 71 岁高龄才被援例作岁贡生，这其实也是一场悲剧。因此，身处同样的社会大潮中的作者蒲松龄不可能认识到更多。今天，当我们用理性的对比的眼光再来审视这个故事，我们看到的是百姓对功名近乎病态的追求。这一追求甚至会胜过家人之间的亲情，乃至亲情也带上了功利的色彩。在这个故事里，婆婆因为儿子的知名程度而区别对待两个儿媳妇，二儿媳妇因为丈夫在功名上不如老大而不与之同房以“激励”其发奋图强。老大来了功名喜讯，婆婆赶紧给大儿媳奖励。这些亲人间行为态度的背后，是满满的功利之心。因此，等老二来了功名喜讯，老二媳妇不等公婆体贴行为上线，便来了非常解气畅快的、如同婆婆对老大媳妇的话：“侬也凉凉去！”一个家庭，成为一个病态社会的缩影。这个故事对读者的吸引力，如同当年达·芬奇的著名油画作品《最后的晚餐》带来的效果。笔者认为，无论是这个故事，还是《最后的晚餐》，都是人性的照妖镜。再读《儒林外史》，我们也理解了为什么范进中举后会疯掉的不正常，其实这是病态社会的正常现象。

一个社会的文明程度，确实是以人与人之间的平等程度作为基本标尺的。漫长的封建时代中，统治者为了维护好其统治秩序极力推崇的“三纲”关系，对当时的中国来说，对稳定社会秩序起到了重要作用，但如同一把双刃剑，对普通民众则伤害巨大。我们看到，在"三纲"思想影响下，中国人的人性甚至出现了异化。并且，人们对这种异化现状并不自知。笔者认为，这一特定的中国特色是糟粕，需要今人极力摒弃。

三、"五常"思想的积极影响

所谓"五常"，即仁、义、礼、智、信，是人们行为的道德准则。根据孟子的"四端"说，仁是"恻隐之心"，义是"羞耻之心"，礼是"辞让之心"，智是"是非之心"。这是对"五常"前四项的早期解释。班固的《白虎通义》中这样阐述：

> 五常者何？谓仁、义、礼、智、信也。仁者，不忍也，施生爱人也……；义者，宜也，断决得中也……；礼者，履也，履道成文也……；智者，知也，独见前闻，不惑于事，见微者也……；信者，诚也，专一不移也。①

班固对于"五常"的解释，更全面也更完整了。关于礼，笔者认为在我国的文化传统中占有特殊的重要地位。我国一直以来被称为"礼仪之邦"，孔子在先秦时期就提出"以礼治国"的治国主张和"礼乐治国"的最高境界。所以我们下面独辟专节予以论述。关于智，笔者认为这是一项基本的行为准则，在世界范围内是共通的，所以没有必要单独分析阐述。基于此，在本部分，笔者主要探讨蒲松龄在《聊斋志异》中于不经意间对仁、义、信的表达和肯定。在我们的汉语词汇中有诸如仁义、侠义、信义等，可见仁、侠、义、信之间有一些重叠交叉的含义。因此，在本部分中我们阐述的这三项只是稍有侧重而已。

（一）关于仁

在孔子圈定的儒家思想中，最高的道德境界和道德标准便是"仁"。《论语·颜渊》："樊迟问仁。子曰：'爱人'。""克己复礼为仁。一曰克己复礼，天下归仁焉。"又《卫灵公》："子曰：'志士仁人，无求生以害仁，有杀身以成仁。"也就是说，仁就是对其他人的友善和爱护，就是即使牺牲自己也愿意成就别人的大爱。我们可以把"仁"理解为一种大爱。"仁"在"五常"中居首位，是核心，是王道之本，"故道兴于仁，立于礼，理于义，定于信，成于智。五者，道德之分，天人

---

① 陈立撰、吴则虞点校：《白虎通疏证》，中华书局 1994 年版，第 381～385 页。

之际也。圣人所以通天意，理人伦而明至道也”(《易纬·乾凿度》)。拥有仁爱之心的人，其道德境界之高使得其在众多日常行为中，总能让人体味其人性的光辉。他们爱护他人，不计较个人得失，愿意为了成全他人的生活而不惜牺牲自己的利益。譬如《聊斋志异》中的《丁前溪》就讲了这么一个故事。在一次偶然的外出中，丁前溪结识了一户杨姓人家，尽管杨姓人家家里没钱买草给丁喂马，也没有那么多的粮食，但依然为丁准备饭食，还从屋顶上抽下草来喂马，却不收钱。原因竟然是他们有自己的买卖，不靠开旅店赚钱，所以就不能因为这偶然的事情来收钱。后来杨姓人家因为闹饥荒实在生活不下去了，才想起到丁家讨要点活下去的东西。那时的丁前溪也因为饥荒，日子不那么好过，但其不仅给杨姓主人置办衣物，还偷偷派人到杨家资助其生活。这是一个“滴水之恩，涌泉相报”的故事。这一故事中，我们不仅看到了杨姓家庭的仁爱之心，更感受到了丁前溪的仁爱之心。

在我国的传统文化中有一种令人荡气回肠的精神——侠义。从清代著名的小说《三侠五义》，到近现代的金庸小说中成就的侠义精神，备受人们的喜爱。笔者认为，侠是义的最高级形式，就像仁是一个人道德准则的最高境界一样。因此，拥有仁爱之心的人，我们常常能感受到其深入骨髓的侠义精神。就像我们前面谈到的丁前溪，其行为中亦有侠的意蕴。在本部分中，我们把“侠”也放在了“仁”的范畴中去阐释。侠，形声字。篆文从人夹声，夹也兼表“相助”之意。本义为“武艺高强，讲义气，见义勇为，能扶弱抑强、舍己助人的品行”。《说文》：“侠，俜也。”段玉裁注：“甹部曰：‘甹，侠也。三辅谓轻财者为甹。’然则俜甹音义皆同。”引申指凭借武艺肯舍己助人的人。又可指美人，南朝宋鲍照《代白纻曲》：“春风澹荡侠思多，天色净渌气妍和。”[①]因此，侠本身是一种“仁”的行为，是一种大爱，只是这种大爱更豪放。《聊斋志异》中有一篇小说叫《侠女》，写家境贫困、以书画为生计赡养老母的顾生，与其母经常周济不知从何而来、对门而居的老妪少女，甚至在老妪得病去世后还代为安葬。这是顾生对待这一女子的“仁爱”行为。后来，这一女子知恩图报为其生子，但又不肯嫁与顾生。原因竟是自己还有大事——她是司马之女，父亲被害，为报家仇隐姓埋名三年之久。她不忍拖累顾生，也不愿让顾生再背负更多的不容易。这一女子对待顾生的所作所为，是一种大“仁”，更是一种大爱。在那个封建礼教禁锢森严的社会，一个

---

① 谷衍奎：《汉字源流字典》，语文出版社 2008 年版，第 653 页。

年轻女子不怕抛头露面，不避男女之嫌，而又冷若冰霜；受顾家母子周济，不拒亦不谢，然又入顾家代其母操作，为顾母洗创敷药，俨然如儿媳。尤其是她为报顾生赡母送终之德，可怜顾生因贫穷不能成婚，就为之生子的异行，实在是在仁爱之心中又透露出一种豪气。后来，在故事揭示真相时，她以革囊提仇人头的行为让我们感知了她的强大，她还用匕首掷杀纠缠顾生并侵犯自己的白狐娈童，一个独立自主且强悍的女性形象如在眼前。小说写侠女灭狐："女以匕首望空抛掷，戛然有声，灿若长虹；俄一物堕地作响。生急烛之，则一白狐，身首异处矣。"动作干脆利落，行为更有伟丈夫的大气魄。可是，这些行为背后竟是一个背负了那么多的女子，她报答顾生的帮助和周济，帮周生解决他所有的困难，无论自己有多少困难也不愿对人提及，不想拖累任何人。在笔者看来，这一侠女的行为是一种伟大的仁，一种震撼人心的仁，一种令人动容的仁。

（二）关于义

在孔子看来，义是君子的本质规定。"君子义以为质，礼以行之，孙以出之，信以成之。君子哉！"（《论语·卫星公》）孔子认为一个真正的君子，其中义是其做人的根本，表现在外部的行为就是礼仪，然后是态度非常谦逊，最后是诚信，对人对事都讲诚信。无论他如何分析这三者之间的关系，我们特别能理解其重点，义是君子做人的本质，并且也是区分君子与小人的标准。孔子还说"君子喻于义，小人喻于利"，就是这个意思。

洪迈的《容斋随笔》这样说过：

> 人物以义为名，其别最多。仗正道曰义、义师、义战是也。众所尊戴曰义，义帝是也。与众共之曰义，义仓、义社、义田、义学、义役、义井之类是也。至行过人曰义，义士、义侠、义姑、义夫、义妇之类是也。自外入而非正者曰义，义父、义儿、义兄弟、义服之类是也。衣裳器物亦然。在首曰义髻，在衣曰义襕，义领之类是也。合众物为之，则有义浆、义墨、义酒。禽畜之贤者，则有义犬、义乌、义鹰、义鹘。[①]

在洪迈看来，"义"的行为有很多种，在本论题中，我们侧重的是"仗正道""众所尊戴""至行过人""与众共之""禽畜之贤者"，因为这些属于儒教范畴的内

---

① （南宋）洪迈：《容斋随笔》，中国世界语出版社 1995 年版，第 67 页。

容。另外两种，属于自然状态的“义”，不在儒教思想范围内。基于此，“义”在儒教思想中是一个非常重要且内容丰富的道德范畴，同时，也是一种非常高的道德境界。后来，朱熹指出：“义者，心之制，事之宜也。”这种“义”发展成为处理人际关系的重要依据，也是个人道德修身的价值取向，更是具有现实操作性的伦理道德范畴。

在《聊斋志异》中这样的篇章，可以说是举不胜举。这些故事中无论男女、长幼，他们的义行义举都让人感动，作者也对此进行了毫不吝惜的歌颂。读过这些故事的读者，常常会因为这样的一些人与事的存在，内心充满了温暖。下面就举几个例子。

我们先看《斫蟒》这则小说。一看题目，就知道其充满胆战心惊的血腥。斫，本义是“斧刃”，在这里名词用作动词，“用斧刃砍”。蟒，属于大型爬行动物，常见的体长 3～5 米，头颈部背面有一暗棕色矛形斑，头侧有一条黑色纵斑，头部腹面黄白色，体背棕褐色、灰褐色或黄色，体背及两侧均有大块镶黑边云豹状斑纹。[①] 其不仅长相凶残，更重要的是其食量很大，一次就能吃比自己体重还要大的动物，且消化能力非常强，除了不能消化动物的毛，其余的均可以消化。《中国动物志》中记载：其捕食时常慢慢爬行，接近猎物时迅速咬住猎物，然后用身体缠绕，将其致死，并压扁成长条形，然后分泌唾液，使食物润滑吞食。[②] 用斧刃砍这样的肉食且缠绕性极强的蟒，该会遭遇怎样的凶险呢？且看下文：

> 胡田村胡姓者，兄弟采樵，深入幽谷。遇巨蟒，兄在前，为所吞。弟初骇欲奔；见兄被噬，遂奋怒出樵斧，斫蟒首。首伤而吞不已。然头虽已没，幸肩际不能下。弟急极无计，乃两手持兄足，力与蟒争，竟曳兄出。蟒亦负痛去。视兄，则鼻耳俱化，奄将气尽。肩负以行，途中凡十余息，始至家。医养半年，方愈。至今面目皆瘢痕，鼻耳惟孔存焉。噫！农人中，乃有弟弟如此者哉！或言：“蟒不为害，乃德义所感。”信然！

故事讲了两兄弟一起上山砍柴的故事。结果哥哥被蟒吞掉了，幸好因为肩宽一点，蟒还未全部吞下。弟弟战胜内心的恐惧，用斧头使劲砍蟒的头部，在蟒感觉到疼痛后，双手把持好哥哥的脚使劲往外拽。蟒走了，弟弟背着即将“气

---

① 参见动物研究所：《中国蛇之最》，中国科学院网，2013-09-02。

② 参见赵尔宓、黄美华、宗愉：《中国动物志·爬行纲》第三卷，科学出版社 1998 年版，第 34～35 页。

尽”的哥哥艰难地回到家，最后转危为安。这是一个了不起的弟弟。危难时刻，面对巨蟒没有退缩，勇敢与其搏斗，顺利地从巨蟒口中救下了哥哥。这是一种令人震撼的义行，属于“至行过人”。当自己的生命同样受到威胁时，大多数人可能不会选择救人。在这样的场景下，即使弟弟选择逃跑，也不会有人责备他，因为如果在现场哪怕多待一会儿也有可能同样被巨蟒吃掉。在小说的最后，人们都这样感叹：“蟒不为害，乃德义所感。”

《聊斋志异》中还有一篇《张诚》，讲的也是兄弟俩在上山砍柴过程中遭遇险境。这个故事中，被吞走的是弟弟张诚，并且是老虎吞走的。哥哥张讷想救弟弟，尽管砍伤了老虎，但老虎依然叼着弟弟跑了。这一细节，只是故事中很小的一部分。故事的前半部分，讲述的是张诚的义行。哥哥张讷不受后妈待见，且因天气原因不能砍足够的柴而被后妈责罚不吃饭。弟弟张诚不仅偷偷给哥哥带吃的，还千方百计帮哥哥砍柴。尽管哥哥请求弟弟的老师看管好弟弟，只要弟弟好好学习，可老师在得知弟弟的义行后并未阻止弟弟的行为。结果出现了弟弟被老虎叼走的那一幕。故事的后半部分描述的是哥哥的义行。义行一，因为难过，想自杀赔罪，结果被邻居营救；义行二，因为找不到弟弟，悲痛过度，三日而毙；义行三，死后到阴曹依然到处找弟弟，被菩萨神水所救，并意外得到弟弟没死的消息；义行四，死里逃生后，走上寻亲之旅，历经千辛万苦，终于找到弟弟，甚至为父亲找到了因为战争失散多年的亲人。

在这两个故事中，作者给我们展示的义，让人们看到了人间的温情，以及面对威胁时舍生取义的决心和担当。这就是中国在千百年来深受儒家思想教诲而生发出来的人间大爱。

在《聊斋志异》中，除了人与人之间的义，还有动物之间的义。小说《义鼠》就讲述了这样一个故事：

> 杨天一言：见二鼠出，其一为蛇所吞；其一瞪目如椒，似甚恨怒，然遥望不敢前。蛇果腹，蜿蜒入穴。方将过半，鼠奔来，力嚼其尾。蛇怒，退身出。鼠故便捷，欻然遁去。蛇追不及而返。及入穴，鼠又来，嚼如前状。蛇入则来，蛇出则往，如是者久。蛇出，吐死鼠于地上。鼠来嗅之，啾啾如悼息，衔之而去。友人张历友为作《义鼠行》。

可见这是一只聪明的重情重义的义鼠。

（三）关于信

许慎《说文解字》云：“信，诚也。”这与我们今天“诚”“信”连用，是一致的。本人以为，信即一言九鼎、绝不改变曾经的承诺。仔细理解儒家思想中的仁、义、礼、智、信，我们总会发现这五者之间总是既相互联系，又相互包容。仁中有义，义中有信，礼中有义，且反之亦成立。因此，本节中一再强调，我们讲述的这些例子，儒家的“五常”思想都是具备的，只是我们侧重了其中的某一个方面而已。或者说，其中的某一方面比较突出而已。同样，接下来我们介绍诚信方面的例子，只是侧重诚信来谈。

比如《姊妹易嫁》中，张家讲诚信，在大女儿出嫁的现场遭遇其嫌贫爱富、拼死不从时，其妹“颇非其姊，苦逼劝之”。可见就张家的这两个女儿而言，在蒲松龄的评价里，老大人品有问题且不讲诚信，老二则是具有诚信思想的好女孩。其父母正是基于这样的认知，才有下面的情节：

> 母即向女曰：“忤逆婢不遵父母命，欲以儿代若姊，儿肯之否？”女慨然曰：“父母教儿往也，即乞丐不敢辞；且何以见毛家郎便终饿莩死乎？”

在后来的故事中，二女儿替姐姐嫁于毛公后，“夫妇雅敦逑好……益以知己德女”。后来，在毛公考取功名的道路上，还有一次小教训，以证明张家二女儿的好。最后毛公正心诚意，接连顺利考取举人、进士，并成为大学士，且生活非常幸福。张家大女儿则没有好下场，丈夫败家，最后落得削发为尼、孤独终老的结局。在这一故事情节里，足可见蒲松龄对诚信思想的推崇和认可。当然，张家二女儿之所以有这样的结局，还取决于一点——丈夫毛公对“五常”思想的捍卫。读过《姊妹易嫁》小说的人都知道，毛公的思想还是有过波澜起伏的，其也曾想过抛弃发妻，只是冥冥之中的力量规范其行为，才有了后来的结果。

聊斋故事中，能够体现我国传统的“三纲五常”规则的篇章很多。我们能做的，只是选择其中个别篇章为例进行阐述。

第二节 《聊斋志异》礼仪思想的“中国风”特色

礼仪作为一种基础性行为规范，在人们的社会生活中起着表达彼此善良愿望与美好情感的纽带的作用。儒家的创始人孔子高度重视礼仪，认为礼是做人做事的道理和根本，提出“不学礼，无以立”。儒家经典主要有“十三经”，其中《周礼》《仪礼》《礼记》，合称“三礼”，就是最早记载中国古代礼制的著名典籍。可见，中国的礼仪文化源远流长，并且从本质上来看，尊重和敬畏应该是礼仪的核心和宗旨。

所谓“礼仪”，顾名思义，是指礼的仪式。内心的尊重表现在行为上，应该用一系列的仪式以表达对事件对他人的尊重。在我国的儒家思想中，礼是重要的内容。“礼”字，最早见于甲骨文，是一个会意字，从示，从豊。“豊”是行礼之器，在字中也兼表字音，而所有带“示”字部的字都与祭祀有关。因此，礼最初的产生是源于祭祀，就是因为敬畏和尊重。后来，词义逐渐扩展，特别是在孔子礼仪思想的影响下，礼成为对神、对人、对事的一种敬畏和尊敬的仪式。我们常说“礼者，天之经也，地之义也，民之行也”，就是把“礼”看作是人天经地义的行为准则，作为一个人必须遵循的准则。因此，礼仪思想是极具中国魅力的中国文化精髓，在世界文化发展中是独特的。在漫长的中华文明传承过程中，正是这样的礼仪不仅让人与人之间呈现出和谐美好的亲密关系，也使得人与自然之间呈现出和谐美好的氛围。我国被世界人民称之为“礼仪之邦”，理应感谢孔子，因为孔子不仅根据自己的职业特点提出并阐述了关于礼的理论，还教育了大量的学生以传承这一思想，才使得礼仪在我们的国土上蔚然成风。

在春秋战国时期的百家争鸣阶段，孔子提出了“为国以礼”的主张。后世的儒家思想传承者逐渐完善了这一礼仪思想，最终形成了一个非常完备的礼仪制度体系，这在“三礼”中有所体现。关于中国古代的礼仪，大致可以分为两大类，即政治礼仪和生活礼仪。其中，政治礼仪包括祭天、祭地、宗庙之祭、对先师先圣的祭祀、相见礼、军礼等。生活礼仪则包括诞生礼、成年礼、飨宴饮食礼、宾礼、五祀、傩仪。无论是政治礼仪，还是生活礼仪，在施行这些礼仪仪式时，不能逾越的是“三纲五常”准则。

一、《聊斋志异》中的政治礼仪

关于祭天，其实是对君权神授的一种宣示方式。在中国文化中，最高统治者即为天子，表达的是君权神授的古意。关于祭地，是祭祀存在于大地上的万物，包括山川、土地、谷物、社稷等，这一祭祀表达的是包容、接纳和感恩精神以及对世间万物的敬仰。关于宗庙之祭，是祖先崇拜的产物，也是我国这种由传统农业社会而来的血缘亲情的必然产物。祭祀时行九拜礼：“稽首”“顿首”“空首”“振动”“吉拜”“凶拜”“奇拜”“褒拜”“肃拜”。这一祭祀发展到民间，即是对祖先的祭拜。这一祭拜礼仪在今天的民间依然存在，且仪式感极强。关于对先师先圣的祭祀，在汉魏以后，以周公为先圣，孔子为先师；在唐代，尊孔子为先圣，颜回为先师。唐宋以后一直沿用“释奠”礼作为学礼，也作为祭孔礼。在清代，以京师国子监为太学，立文庙，孔子被称为“大成至圣文宣先师”。曲阜的庙制、祭器、乐器及礼仪以北京太学为准式。乡饮酒礼是祭祀先师先圣的产物。关于相见礼，下级与上级见面时要行拜见礼，官员之间行揖拜礼，公、侯、驸马相见时行两拜礼。下级居西先行拜礼，上级居东答拜。平民相见，依长幼行礼，幼者施礼。外别行四拜礼，近别行揖礼。这一相见礼，今天已经演变成了握手、问好等简单礼仪。关于军礼，主要包括征伐、征税、狩猎、营建等采取的礼仪行为。

《聊斋志异》中几乎没有关于国家层面政治礼仪的表达，仅有的政治礼仪的表达，应该是关于祭祀和拜见的，并且大多是民间祭祀和士人及平民之间的拜见礼，这可能与蒲松龄的视野有关。因为蒲松龄终其一生所看到的和经历的，都是普通百姓所看到的和经历的。那些国家的上层统治者参与的政治礼仪，他没有机会看到，也没有机会读到任何相关信息。作为读书人，蒲松龄终其一生也没有考取一点功名，连乡试的举人都没有考中。聊斋故事中有一篇叫《灵官》的小说，讲的是一个与道士关系不错的老翁实为狐狸，因与道士同喜吐纳之术，故成好友。结果道观里每次祭祀神灵，老翁都要躲避一阵子。因为神仙下凡都会驱逐污秽之物，狐狸精老翁就在此列。从这个故事的侧面，我们可以感受到在民间人们对神的敬重，祭拜时必须保持由内而外的洁净。《王六郎》中开篇就说一个打鱼为业的许某，“每夜，携酒河上，饮且渔。饮则酹地，祝云：‘河中溺鬼得饮。’”所谓“酹地”，就是浇酒于地以祭鬼神。这是渔人们打鱼之前对鬼神的祭奠礼。后来，许某远赴招远，拜访升级为神的王六郎，有这样的举动：“往祭于祠而祝曰：‘别君后，寤寐不去心，远践曩约。又蒙梦示居人，感篆中怀。愧无腆物，仅有卮酒；如不弃，当如河上之饮。’祝毕，焚钱纸。”这也是一种对鬼神的祭祀礼仪。

正是基于作者蒲松龄的视野所限，在聊斋故事里作者经常描述的是政治礼仪中的相见礼，因为这些是作者所熟知的。相见礼在众多的聊斋故事的小细节中都可以看到。比如《狐嫁女》中，“遂有妇人出拜，年可四十余。翁曰：‘此拙荆。’公揖之”。“拜”即家庭主妇对男客所行的拜见礼，宾客对女主人的回礼

“揖”,则是官员的拜礼。《红玉》中,冯相如一开始不能与红玉结连理好,就是没有经过父母之命、媒妁之言这一关。后来红玉帮助冯相如找到了可以通过这些礼仪的拜见路径,当时冯相如是带着银子“诣卫氏”。在冯相如家破人亡之际,红玉不仅救了他的孩子,还从多方面帮助他,使得“生挥涕拜谢”。这些行为都属于政治礼仪范畴中的相见或拜别的礼节。《封三娘》中,做了翰林的孟安仁来到其妻范十一娘的娘家。由于范十一娘的父亲范公并不知道自己的闺女在封三娘的帮助下已经悄悄嫁给了当时还一文不名的孟安仁,所以小说这样描写孟翰林拜见岳丈:“投刺谒范公,公愧悔不见。固请之,乃见。生入,执子婿礼,伏拜甚恭。”他先是拿着自己的名帖去拜见,进家门后还行了身为女婿的大礼——跪倒在地,恭敬地拜见。这一拜见行为,小说写得较为详细。

二、《聊斋志异》中的生活礼仪

关于诞生礼,从妇女未孕时的求子到婴儿周岁,一切礼仪都围绕着长命的主题。诞生礼包括“三朝”“满月”“百日”“周岁”等。“三朝”是婴儿降生三日时接受各方面的贺礼。“满月”在婴儿满一个月时剃胎发。“百日”时行认舅礼、命名礼。“周岁”时行抓周礼,以预测小儿一生命运、事业吉凶。关于成年礼,是跨入成年人行列的男子加冠礼仪。关于婚礼,《礼记·昏义》里面记载为“昏礼”:

> 父亲醮子,而命之迎,男先于女也。子承命以迎,主人筵几于庙,而拜迎于门外,婿执雁入,揖让升堂,再拜奠雁,盖亲受之于父母也。降出,御妇车,而婿授绥,御轮三周,先俟于门外。妇至,婿揖妇以入,共牢而食,合卺而酳,所以合体,同尊卑,以亲之也。①

古人结婚的目的是传宗接代,这是一项非常重要的事情,事关生命的延续和壮大。总结来说,婚礼使用六种礼仪:纳采、问名、纳吉、纳征、请期、迎亲。

纳彩即男女双方互赠礼物。在《细柳》中作者写道:“时有高生者,世家名士,闻细柳之名,委禽焉。既醮,夫妇甚得。”“委禽”是“下聘礼”的意思,就是“纳采”。在《仇大娘》中,“大娘应之,即倩双媒纳采焉。未几,禄赘人公子家”,专门提到“纳采”。《姊妹易嫁》中写道:

> 及亲迎,新郎入宴,彩舆在门,而女掩袂向隅而哭。催之妆,不妆;劝之

① 戴圣纂辑:《礼记》,蓝天出版社 2008 年版,第 357 页。

亦不解。俄而新郎告行，鼓乐大作，女犹眼零雨而首飞蓬也。

这是迎亲的礼仪。另外，古人认为黄昏是吉时，所以会在黄昏行娶妻之礼。基于此原因，传统中式结婚的礼仪称为“昏礼”。昏礼是继男子的冠礼或女子的笄礼之后的人生第二个里程碑。

关于飨燕饮食礼。飨在太庙举行，烹太牢以饮宾客，重点在礼仪往来而不在饮食。燕即宴，燕礼在寝宫举行，主宾可以开怀畅饮，燕礼对中国饮食文化形成有深远的影响。节日设宴在中国民间食俗上形成了节日饮食礼仪。正月十五吃元宵，清明节吃冷饭寒食，五月端阳吃粽子、饮雄黄酒，中秋吃月饼，腊月初八吃腊八粥，以及除夕吃辞岁饺子等，都是节日仪礼所规约的饮食。在特定的节日吃特定的食物，这也是一种饮食礼。宴席上的座次，上菜的顺序，劝酒、敬酒的礼节，也都有社会往来习俗中男女、尊卑、长幼关系和祈福避讳上的要求。关于宾礼，主要是对客人的接待之礼。关于傩仪，滥觞于史前，盛行于商周，主要是四季驱邪逐疫。

浸淫于漫长的封建社会里，关于生活的礼仪是每一个普通人常常遇到的。蒲松龄是其中的一员，能够把与自己密切相关的生活礼仪写进他的聊斋故事中，也是顺理成章的事。

聊斋小说中有一篇《狐嫁女》，讲了历城殷天官年轻时遇到的一件奇事。天官是官职名称，职级属于宰相，本篇中是对吏部尚书的敬称。通过查阅《明史》本传及乾隆《历城县志·人物志》，我们了解到，殷天官即殷士儋，明嘉靖进士，曾任吏部尚书。小说中非常形象地描绘了婚礼现场的样子：

> 俄闻笙乐聒耳，有奔而上者，曰：“至矣！”翁趋迎，公亦立俟。少选，笼纱一簇，导新郎入。年可十七八，丰采韶秀。翁命先与贵客为礼。少年目公。公若为傧，执半主礼。次翁婿交拜，已，乃即席。少间，粉黛云从，酒胾雾霈，玉碗金瓯，光映几案。酒数行，翁唤女奴请小姐来。女奴诺而入。良久不出。翁自起，搴帏促之。俄婢媪数辈，拥新人出，环佩璆然，麝兰散馥。翁命向上拜。起，即坐母侧。微目之，翠凤明珰，容华绝世。既而酌以金爵，大容数斗。……居无何，闻新郎告行，笙乐暴作，纷纷下楼而去。

通过这则小说，我们可以大致想象到婚礼现场的样子：第一，有音乐烘托喜庆气氛。不仅在迎接新人时有，在送别亲友时亦有。我们看到在新郎还未到新娘家时是“笙乐聒耳”，后来新郎带新娘离开时又是“笙乐暴作”，非常热闹。第二，新郎进到新娘家门，女方父母要出门迎接，“翁趋迎”，且派专人引导新郎进入，“笼纱一簇，导新郎入”。在这里，说到用纱灯引导可见古人的婚礼确实是在晚上进行。第三，有婚礼主持人。小说中写殷尚书巧遇狐嫁女，老翁要求新郎先给贵客行礼，“公若为傧，执半主礼”，殷尚书就像婚礼主持人一样行了个半主礼。第四，新郎要对女方家人行礼，“翁须交拜”。第五，女方家大摆宴席，不仅宴请新郎，还宴请宾客，“酒胾雾霈，玉碗金瓯”，非常正式。第六，被簇拥的新娘出场时，装扮得非常雍容华贵，“环佩璆然，麝兰散馥”，“翠凤明珰”。第七，新娘跟着新郎离开前要拜别上亲，“翁命向上拜”。

小说《成仙》就描写过宾主交往之间的礼节。成仙拜见好友周生，避而不见其后来新娶的年轻老婆，不仅出于男女授受不亲的交往礼仪，也表现了成仙对周生的尊重，这是士之间的交往礼仪。小说《叶生》中，读书人叶生受到新来县令丁成鹤的赏识和资助，因未能考取功名而惭愧之至。丁成鹤因“忤上官免”返乡，病重的叶生竟魂从知己、浑然不觉，在丁家教育其子成才，最终“又捷南宫”（会试中试，指考中进士）。叶生后来也“领乡荐”（指考中举人），兴冲冲回家发现自己的躯壳早已死去，于是魂归躯体、扑地而死。这样的知己之礼令人感动。

接下来，我们再来看聊斋故事里面最能代表我们传统思想中礼尚往来的篇章——《王六郎》。关于礼尚往来，还有一个有关孔子的故事。据说孔子开坛讲学后，深得鲁定公的赏识，便经常到宫中讲学。季府的总管阳虎特地去拜访孔子，孔子借故躲开了。阳虎有些失望，但还是把带去的烤乳猪留下了，作为送给孔子的礼品。孔子回家后看到礼品，崇尚礼尚往来的他就去回访阳虎，阳虎达到了见到孔子并与之交流的目的。在中国文化中，人与人之间感情的加深和交流，就是来源于这礼尚往来的一来一往。在本篇聊斋故事中，王六郎与这个非常普通的打鱼为业的渔人许某建立的深厚友情，就是来源于礼尚往来。许某每天晚上打鱼前，都要一边喝酒一边祭奠鬼神。这一行为，使得生前爱喝酒的河鬼王六郎很感动，便天天晚上为许某赶鱼，让其有收获。后来，许某在不知情的情况下见到现身的河鬼王六郎，依然热情相邀喝酒，使得王六郎越发引许某为知己。直到后来，善良的王六郎为了救人放弃再生为人的机会，而升做阴曹的神，到遥远的招远管理一方百姓，并向许某发出邀请。后来，许某真的置办行装远赴招远，“往祭于祠而祝曰：‘别君后，寤寐不去心，远践曩约。又蒙梦示居人，感篆中怀。愧无腆物，仅有卮酒；如不弃，当如河上之饮。’祝毕，焚钱纸”。做了神的王六郎也以高规格招待了许某：当地百姓不仅天天轮流款待他，还送他很多礼物，王六郎也以旋风的方式送别许某。通过许某与王六郎之间这一系列的礼尚往来行为，我们看到了这一文化传统的迷人之处。

总之，传统礼仪源于祭祀活动，从一开始就融入了原始的是非善恶、长幼尊卑等社会道德和伦理关系，并长期成为我国社会生活的规范，进而形成了中国特色的礼仪思想和礼仪文化。在这一系统的礼仪制度里面，我们看到了其对人类心灵的关注和关怀，主要体现为在礼仪思想中充满了对秩序的尊重，包括人与自然、人与社会、人与人之间的秩序，尤其强调人的精神世界的充实，将浓浓的温情灌注人间，使人们生活在一个和谐有序的环境之中，物我两忘。所以我们说，这些礼仪思想充满着深刻的思想智慧，它不仅仅是我们中华民族的一种风俗习惯，更是蕴含着对国人、对人生、对世界的思考。聊斋小说借助很多的非人类描述了国人生活的方方面面，关于礼仪思想表现的故事还有很多，在此不一一列举。

第三节 《聊斋志异》爱情婚姻思想的“中国风”特色

中国式的婚姻思想充满了中国式的智慧和中国式的处事风格。“三书六礼”是中国古代传统婚姻习俗礼仪。“三书”为“六礼”过程中所用的文书，即聘书、礼书和迎书；“六礼”则为由求婚至完婚的整个婚礼过程中的六个礼法——纳采、问名、纳吉、纳征、请期和亲迎。这些繁冗的习俗，今天在民间存在较少。但在这一习俗影响下的人们对婚姻的敬畏和重视到今天还一直存在着。今天，仍有许多中国百姓嫁娶时取男女生辰八字，以占卜是否婚姻完美，是否兴家旺业、福延子孙。这一迷信行为背后，亦可以看出人们对人生这一重要事件的重视和敬畏。关于婚姻关系，在父权夫权高举的古代，大部分女子从小已接受了在家从父、出嫁从夫、老来从子的伦理道德安排。在我国的婚姻思想传统中男女地位是极其不平等的，这在众多的聊斋故事中都有所体现，尽管我们对蒲松龄在更多时候高扬婚姻自主、追求基于情爱的婚姻似乎有更多肯定。中国式爱情也是极具中国特色的，这来源于传统文化中对含蓄蕴藉的推崇。

一、父母之命，媒妁之言

“父母之命，媒妁之言”，源自《诗经·齐风·南山》，全诗如下：

南山崔崔，雄狐绥绥。鲁道有荡，齐子由归。既曰归止，曷又怀止？

葛屦五两，冠双止。鲁道有荡，齐子庸止。既曰庸止，曷又从止？

蓺麻如之何？衡从其亩。娶妻如之何？必告父母。既曰告止，曷又鞠止？

析薪如之何？匪斧不克。娶妻如之何？匪媒不得。既曰得止，曷又极止？

也就是说，在周朝的婚姻关系中，要想取得爱情并最终走进婚姻的殿堂，必须要经过父母之命、媒妁之言这一关。《礼记·曲礼上》更直接地把这样的要求规定为礼仪之必需：“男女双方非媒不知名。”如果媒人不介绍，男女根本没有相识的机会。到了亚圣孟子那里，对不能通过父母之命、媒妁之言相识的男女，甚至进行了无情的攻击：“不待父母之命，媒妁之言，钻穴隙相窥，逾墙相从，则父母国人皆贱之。”（《孟子·滕文公下》）这种礼仪行为展示的是我们传统文化中的婚姻思想，而这一思想与“三纲”规范有一定的关系，也在某种程度上体现了对父母的尊重以及对婚姻大事的重视。当然，在古人看来，婚姻不是源于爱情而是源于传宗接代以及传统的阴阳观，正是基于对传宗接代和阴阳观念的敬畏，才会有父母之命、媒妁之言的规定。

正是基于这一传统的婚姻理念，我们看到在《聊斋志异》中有很多关于父母之命、媒妁之言的场景。《阿宝》中讲了一个痴傻且长有“支指”的读书人孙子楚，“生时失俪，有戏之者，劝其通媒。生殊不自揣，果从其教”。妻子亡故后，人们跟他开玩笑说，可以到当地富商家求娶他们美丽的女儿阿宝，而孙子楚竟听从了他们的笑谈，真的托人求娶。后来孙子楚在一次偶然的机遇中看到了真实的阿宝，他的迷恋便一发不可收拾，先是魂随阿宝去，后干脆幻化成鸟儿陪伴阿宝左右，使得阿宝喜欢上了他。后来，阿宝的父母只好同意这门此前看来非常不般配的婚姻。“翁议赘诸家。女曰：‘婿不可久处岳家。况郎又贫，久益为人贱。儿既诺之，处蓬茅而甘藜藿，不怨也。’生乃亲迎成礼，相逢如隔世欢。”从小说的叙述中我们得知，二人还办理了正式的婚礼仪式。在中国古代，未婚男女要最终成婚，必须经过说媒阶段。通过说媒，双方父母多方考量确认可以订立婚约后，才能到后期的谈婚论嫁。在那一时期，一般情况下男女当事人并无任何权力表示同意或不同意。像《阿宝》中富商的女儿阿宝能表达自己的意愿，并按照自己的意愿执行是源于她的抗争，“女以履故，矢不他。翁媪从之。驰报生。生喜，疾顿瘳”。这里的“翁媪”就是媒人。阿宝坚持非他不嫁，才换来了阿宝父母的同意和接下来他们的喜结连理。这是富贵人家和读书人家，要想结成儿女婚事必须要专门聘请说媒的"翁媪"，而有些穷得叮当响的贫苦人家，若花不起钱财聘说媒人，就只好父母代劳作为提亲的说媒人。《侠女》中有这样的细节，顾生与其母亲相依为命，日子过得穷困潦倒，根本没有可以娶妻的资本。后来，他们的对门来了一对同样穷困潦倒的母女。顾生的母亲是这样对儿子说自己的打算：

> "是对户女郎，就吾乞刀尺，适言其家亦止一母。此女不似贫家产。问其何为不字，则以母老为辞。明日当往拜其母，便风以意；倘所望不奢，儿可代养其母。"明日造其室，其母一聋媪耳。视其室，并无隔宿粮。问所业，则仰女十指。徐以同食之谋试之，媪意似纳，而转商其女；女默然，意殊不乐。母乃归。

她想给儿子提亲，然后两家搭伙过日子。从这样的细节我们得知，过去即使在那种非常贫困的人家，为了儿女亲事也是需要正式向对方提亲的。

在古时的中国，如果没有父母之命、媒妁之言的男女，想要成婚是不可能的，首先就不被父母所接纳。《红玉》中有这样的细节：书生冯相如在机缘巧合下认识了一美艳女子，并经常与之偷会。可是这次，被他的父亲发现了：

> 怒，唤生出，骂曰："畜产所为何事！如此落寞，尚不刻苦，乃学浮荡耶？人知之，丧汝德；人不知，促汝寿！"生跪自投，泣言知悔。翁叱女曰："女子不守闺戒，既自玷，而又以玷人。倘事一发，当不仅贻寒舍羞！"骂已，愤然归寝。女流涕曰："亲庭罪责，良足愧辱！我二人缘分尽矣！"生曰："父在不得自专。卿如有情，尚当含垢为好。"女言辞决绝，生乃洒涕。女止之曰："妾与君无媒妁之言，父母之命，逾墙钻隙，何能白首？此处有一佳耦，可聘也。"

在这个故事中，冯相如与这一女子红玉的偷会，让冯相如的父亲大发雷霆。他不仅骂儿子是畜生行径，甚至还斥责红玉不仅玷污自己的名声，还玷污别人的名声。面对这样的责骂，冯相如跪在地上哭着说自己知悔了，红玉也痛哭流涕说自己很感愧疚并毅然分手，还坚持若没有父母之命、媒妁之言便一定不进入婚姻的殿堂。

二、隐秘而甜美的爱情

在中国古代社会中，基于普遍的社会共识，男女婚姻必须经过父母之命、媒妁之言。在这样的高压态势下，便很容易使社会滋生另外一种情绪——反抗。就人类的心理规律来看，哪里有压迫，哪里就有反抗。古时中国男女很难有机会见面相处的情况下，常常会出现偶然的男女相见而迸发出的一见钟情。当然，关于爱情，是花样年华里一种正常的情感需求。在压抑的社会氛围下，一旦男女在偶然状况下产生爱情会更加势不阻挡，偷偷约会或幽会便成为那一时代许多恋爱男女的常态。在我国传统文化中，家境尚可的女孩子一般只在元宵节、中秋节才有可能走出家门，进入大千世界，大多数时间都是待在家里或在自家花园中玩耍，她们与男子的一见钟情也就大都发生在这些情境中。这在历代优秀的文学作品中都可证明，其中有许多经典的故事都与男女偷偷约会有关。比如《西厢记》《金瓶梅》等，就是其中最有影响力的作品。另外，就中国的传统文化承袭来看，整个中华民族崇尚的是含蓄蕴藉、不张扬的情感。这一点与西方人比较来看，确实有非常大的不同。

鉴于此，古时中国男女的爱情是隐秘的，是一种含蓄的甜蜜。这份甜蜜需要每一个当事人用心感受才能体味到，在看似稀松平常的细节中蕴含着真挚而热烈的爱情。

《聊斋志异》中关于爱情的小说有很多，但基本不属于那种现实社会中男女青年的热恋。因为父母之命、媒妁之言下都是在婚后才开始恋爱的。也正是由于偷偷约会成为许多偶然热恋男女的日常之事，才使得文学家们喜欢去描绘偷偷约会带来的刺激、热烈和甜蜜。我们看到蒲松龄描绘的那些偷偷约会场景，都是在人与非人中展开的。

比如《连琐》，女鬼连琐月夜苦吟：“玄夜凄风却倒吹，流萤惹草复沾帏。”杨于畏对曰：“幽情苦绪何人见？翠袖单寒月上时。”正是共同的诗词爱好使得连琐斗胆进屋与杨生谈诗论赋，“剪烛西窗，如得良友”。就是基于这样的吸引，她常常来到杨生的房中共话论文，“虽不及乱”，却“欢同鱼水”。她为杨抄书，教杨于畏下棋，又自选宫词百首，时常吟咏，还弹琴度曲，“挑灯作剧”。这样的恋爱生活丰富多彩且充满了诗情画意。这是两个文化人之间的雅兴，应该算是古代文人关于爱情的最高境界——琴瑟和谐。《梅女》中太行人封云亭与梅女的约会也是在晚上：“梅女夜至，展谢已，喜气充溢，姿态嫣然。”他们的约会活动中，虽没有连锁与杨于畏的诗词歌赋，却依然充满情趣和快乐。小说中写梅女教封生做交线之戏：

> 促膝戟指，翻变良久，封迷乱不知所从；女辄口道而颐指之，愈出愈幻，不穷于术。封笑曰："此闺房之绝技也。"

这个游戏，应该是俗称"翻罗罗网"。后来，梅女还展现了她过人的按摩技术：

> 女叠掌为之轻按，自顶及踵皆遍；手所经，骨若醉。既而握指细擂，如以团絮相触状，体畅舒不可言。擂至腰，口目皆慵；至股，则沉沉睡去矣。

这样的幽会属于另外一种风格，同样充满温馨和乐趣。笔者认为，这是古时普通男女爱情最美好的样子。在这样的小游戏中，恋爱中的男女尽情享受彼此的另外一个世界，因为与爱人一起完成，在新奇的同时，更多的是一种难以言说的温暖。

在这样的社会规则中，未婚男女不允许有任何接触和了解，才使得他们的相见非常难能可贵。这也是为什么在众多的文学作品中对这样的细节描写数不胜数的原因所在。

在中国，有许多甜美的爱情是在婚后。只有在婚后，他们才可以毫不避讳地生活在一起。在笔者看来，古人婚后的生活分两种：一种是彼此找到了恋爱的感觉；一种是没有感情地生活在一起，男方也许还因为各种各样的原因而需要纳妾。在此，我们只谈婚后产生甜美爱情的。婚后，擅长含蓄的国人也极不喜欢把热烈的情感外露，喜欢在一些细微的细节中体味爱情的甜蜜和美好。比如《狐梦》中描写过中国特有的婚后的美好爱情：

> （二娘）笑向女曰："妹子已破瓜矣，新郎颇如意否？"女以扇击背，白眼视之。二娘曰："记儿时与妹相扑为戏，妹畏人数肋骨，遥呵手指，即笑不可耐。便怒我，谓我当嫁僬侥国小王子。我谓婢子他日嫁多髭郎，斥刺破小吻，今果然矣。"大娘笑曰："无怪三娘子怒诅也！新郎在侧，直尔憨跳！"顷之，合尊促坐，宴笑甚欢。忽一少女抱一猫至，年可十一二，刍发未燥，而艳媚入骨。大娘曰："四妹妹亦要见姊丈耶？此无坐处。"因提抱膝头，取肴果饵之。移时，转置二娘怀中，曰："压我胫骨酸痛！"二姊曰："婢子许大，身如百斤重。我脆弱不堪。既欲见姊夫，姊夫故壮伟，肥膝耐坐。"乃捉置毕怀。入怀香软，轻若无人。毕抱与同杯饮。大姊曰："小婢勿过饮，醉失仪容，恐

姊夫所笑。”少女孜孜展笑，以手弄猫，猫戛然鸣。大娘曰：“尚不抛却，抱走蚤虱矣。”二娘曰：“请以狸奴为令，执箸交传，鸣处则饮。”众如其教。至毕辄鸣，毕故豪饮，连举数觥。乃知小女子故捉令鸣也。因大喧笑。二姊曰：“小妹子归休！压杀郎君，恐三姊怨人。”小女郎乃抱猫去。

这是一个婚后归宁的新妇遭遇家人的场面，特别是同龄姊妹在一起的一段非常活灵活现的交谈。这一段交谈与新郎有千丝万缕的联系，也有众姊妹的捉弄，有新妇的欲说还休，还有对新妇新婚生活的艳羡。这样的场景，应该是众多中国式新婚后几天，新人们共同面对亲人的审视和打趣。从小说中的细节“女以扇击背，白眼视之”可见，新妇的新婚生活相当有滋有味。“小女郎”跑来凑热闹，后来又“抱猫去”，很形象，是一个对婚姻无经验的小女孩对未来生活的一种憧憬。

婚后的甜蜜，更多的是那种细水长流，是男方对女方的呵护备至。小说《青凤》就能让我们感受到这种细水长流的甜蜜。太原耿生因为一次偶然的相见，爱上了狐仙青凤。可是由于青凤舅舅的反对而无奈分开。后来，机缘巧合下耿生搭救了一只向他求救的狐狸——竟然就是青凤，于是两者生活在了一起。小说并没有直接描绘两者婚后的甜美日常，而是描述了他们对一个事件的处理。青凤舅舅家的堂弟孝儿来拜访耿生，请求其拯救命悬一线的父亲——青凤的舅舅。耿生不能忘记当初舅舅对青凤的苛骂和自己的心疼：

叟怒曰：“贱婢辱吾门户！不速去，鞭挞且从其后！”女低头急去，叟亦出。尾而听之，诃诟万端。闻青凤嘤嘤啜泣。生心意如割，大声曰：“罪在小生，于青凤何与？倘宥凤也，刀锯铁钺，小生愿身受之！”

于是他这样反击：“楼下之羞，耿耿在念，他事不敢预闻。必欲仆效绵薄，非青凤来不可！”这样的回答，足可见他对青凤的重视，也是让对方了解当年那样的苛骂对他和青凤的伤害有多深。后来，真实的情况是这样的：

生如青凤所，告以故。女失色曰：“果救之否？”曰：“救则救之；适不之诺者，亦聊以报前横耳。”女乃喜曰：“妾少孤，依叔成立。昔虽获罪，乃家范应尔。”生曰：“诚然，但使人不能无介介耳。卿果死，定不相援。”女笑曰：“忍哉！”

这对夫妻的对话真是让人读出了最温暖的人间情话。丈夫说，不救只是气话，是反击其之前的蛮横。妻子很高兴丈夫能那样想，因为毕竟是自己的亲人，并进一步言说舅舅对自己的恩情。接下来，耿生又表明心意，如果青凤真死了，他则一定不去援救。这事，青凤的回答亮瞎了所有人的眼——“忍哉”，这是多么富有情趣，又是怎样被宠爱的女子才能说出来的话！

还有一种比甜美更深刻的爱情，是老年夫妻之间的休戚与共。《聊斋志异》中有一篇很短的故事《祝翁》：

> 济阳祝村有祝翁者，年五十余，病卒。家人入室理缞绖，忽闻翁呼甚急。群奔集灵寝，则见翁已复活。群喜慰问。翁但谓媪曰：“我适去，拚不复返。行数里，转思抛汝一副老皮骨在儿辈手，寒热仰人，亦无复生趣，不如从我去。故复归，欲偕尔同行也。”咸以其新苏妄语，殊未深信。翁又言之。媪云：“如此亦复佳。但方生，如何便得死？”翁挥之曰：“是不难。家中俗务，可速作料理。”媪笑不去。翁又促之。乃出户外，延数刻而入，绐之曰：“处置安妥矣。”翁命速妆。媪不去，翁催益急。媪不忍拂其意，遂裙妆以出。媳女皆匿笑。翁移首于枕，手拍令卧。媪曰：“子女皆在，双双挺卧，是何景象？”翁捶床曰：“并死有何可笑！”子女见翁躁急，共劝媪姑从其意。媪如言，并枕僵卧。家人又共笑之。俄视，媪笑容忽敛，又渐而两眸俱合，久之无声，俨如睡去。众始近视，则肤已冰而鼻无息矣。试翁亦然，始共惊怛。康熙二十一年，翁弟妇佣于毕刺史之家，言之甚悉。
>
> 异史氏曰：“翁其夙有畸行与？泉路茫茫，去来由尔，奇矣！且白头者欲其去则呼令去，抑何其暇也！人当属纩之时，所最不忍诀者，床头之昵人耳；苟广其术，则卖履分香，可以不事矣。”

作者蒲松龄赞颂的是老翁死到临头的闲暇风度，笔者感受到的则是老头与老太婆之间的相濡以沫，其不忍心在自己死后受苦，于是从黄泉路上折回带上老伴一起共赴黄泉。这是“不求同日生，但求同日死”的旷世真爱。

三、男主女从式婚姻关系

文化传承不同，中西方的婚姻理念也就不同。先说新嫁娘进入夫家的姿态要求。《吕氏春秋》有这样的记载：“惠子出，白圭告人曰：‘人有新娶妇者，妇至，宜安矜烟视媚行。’”关于“安矜烟视媚行”，我们这样理解：“安”，是平静的意思。“矜”，本意指矛的柄，而矛在仪仗中主要用于迎接贵宾等重要场合。所以，“矜”

在引申义中就有了谨慎的意思，此处用的就是这一引申义。所谓“烟视”，是指眼波如烟般流动即不直视。“媚”，本意是女孩子用目媚（展示）人，此处用其引申义，可爱。“媚行”就是行走姿态可爱，婀娜多姿。从这些对新妇新入门的众多严苛要求来看，古时女性地位的低下，她们被放在了被看和被规定的地位。尽管未来的家庭是新郎与新娘共同经营，但是她们只是男人们的从属，其在家庭关系中仍处被动地位。

不仅这样，男人们对女性的规定还有很多，《周礼·天官·九嫔》中就提到了妇德、妇言、妇容、妇功等女性行为规范。当然，这是皇宫里面皇上对后宫妃嫔们行为准则的规定。这些规定在民间其实同样适用。汉代班超的《女诫》，论述了女子在夫家应该怎样处理好三大重要的关系，即如何对丈夫敬顺，如何对舅姑曲从，如何对叔妹和顺。具体地，又分成七个部分逐一阐述：《卑弱》《夫妇》《敬顺》《妇行》《专心》《曲从》《叔妹》。清末的蓝鼎元《女学》进一步强化和细化了家庭中女性的行为规范，身为妻妇，事夫、事舅姑（公婆）要恭顺柔和；身为正妻，还要“去妒”，帮丈夫纳妾；身为母亲，要会“教子”，为继母要“慈爱前子”；与家庭成员相处，要“和叔妹（小叔、小姑）”“睦娣姒（妯娌）”。家境贫寒要能“安贫”，富贵还需“恭俭”。还要“敬身”“重义”“守节”“复仇”等等。由此可知，到了清末，人们对女性的行为规范要求已经达到了变态的程度。

我们看到，《画皮》中的王生不仅把妻子以外的女人堂而皇之地领回家安排在自己的后院，而且妻子即使知道也不能提反对意见。小说有这样的句子：“生微告妻。妻陈，疑为大家媵妾，劝遣之。生不听。”我们看到，妻子的这一意见是基于对王生的安全考虑，并无半点妒意。这与那一时代对女人的变态教育有关。后来，当王生确认他领回家的美艳女郎其实是一个画着人皮的女鬼时，“大惧，兽伏而出”。在求道士获得避鬼符后，“生归，不敢入斋，乃寝内室，悬拂焉。一更许，闻门外戢戢有声，自不敢窥也，使妻窥之”。王生怕到极点后，下意识的举动，竟然是派妻子去瞭望那一画皮女鬼的表现。自己惹下的祸端，却让老婆去承担后果，也许只有古时的中国男人才可以想出这样的“奇招”。因为整个社会思潮一直在告诉他们，妻子属于他们的私有财产，不具备与其同等的社会地位。可是，就女人来说，男人确是她们活下去的“天”。正是基于这样的社会心理，所以王生妻子乖乖去观察厉鬼，尽管她比王生怕得更厉害。后来，王生被厉鬼挖去心脏之后，她更是想尽一切办法拯救王生。道士指路说，可以找那个极为邋遢但道术高明的和尚帮忙。她不仅“膝行而前”去求人，还得在和尚“怒以杖击陈，陈忍痛受之”。另外，还有更令人不堪的细节：“乞人咯痰唾盈把，举向陈吻曰：‘食之！’陈红涨于面，有难色；既思道士之嘱，遂强啖焉。”随着故事的发展，我们知道是这极脏的痰救了王生。在这个故事里，王生的妻子陈氏，在夫家无任何家庭地位可言，只是丈夫手中一件可有可无的物品而已。可就是在这样的处境里，她不仅对丈夫忠心耿耿，还历尽千辛万苦拯救丈夫，甚至以丧失自己的人格为代价。

还有一则故事叫《陆判》。读书人朱尔旦因为机缘巧合与阴曹陆判官相识并成为好友。其在请陆判官为自己换心后文思泉涌，竟在乡试中一举夺魁。初步尝到好处的朱尔旦，又想到了另外一件事，他这样请求陆判官：“山荆，予结发人，下体颇亦不恶，但头面不甚佳丽。尚欲烦君刀斧，如何？”就这一事情来说，朱尔旦并没有征求妻子的同意，很显然亦受男人可以决定女人一切的思想影响。另外，与自己的好朋友交流竟对自己的老婆这样评头论足，依然可以看出妻子亦无家庭地位。还有，关于妻子的容貌问题，这一关注行为背后，其实是把女人放在了被看的位置。故事发展到后来，陆判官找到了合适的头颅后，半夜给朱尔旦妻子完成了更换头颅的手术。

四、一夫可多妻

在中国古代，一夫多妻非常司空见惯。徐珂《清稗类钞·讥讽类》记载：

> 一夫多妻，为数千年来之旧俗，其见于《礼记昏义篇》者，则若周之天子有后一、夫人三、嫔九、世妇二十七、御妻八十一，可谓伙矣。而诸侯、大夫、士庶，亦莫不有妾。晚近富贵之家，恒有姬侍，多者至数十人，粤中尤甚。

蒲松龄受传统文化影响甚深，现实的贫困尽管只允许其娶一个妻子，但其在《聊斋志异》中却描述过许多不同的双美共事一夫的故事，并且对这样的故事充满了赞扬之意。

《封三娘》中，范十一娘与丈夫孟生一起把封三娘灌醉，并鼓动丈夫与之同床后力劝封三娘与自己共事一夫。《娇娜》中，孔生不仅娶了娇娜的表姐松娘，还一直对娇娜念念不忘；娇娜亦然，在拯救孔生的行动中甚至表达出了放弃生死的决绝态度。《张鸿渐》中，因为年轻气盛写状子犯事的张鸿渐外出逃命，狐仙舜华救了他，并多次拯救他于水火，才使得他能够逃过生命中无数的劫难。其实张鸿渐外出逃命前就有自己的妻子方氏，且非常貌美，也劝过他不要写状子。丈夫犯事后，她自己一个人挑起了家庭的重担，抚养儿子长大读书成人，一心等待张鸿渐的归来。《翩翩》中的浪子罗子浮因喜欢上了妓女，竟跟着这一妓女住在了妓院里，直到染上梅毒，没了金钱被赶出来。就是这样的一个男人还被仙女翩翩拯救，不仅给他提供衣食住行，还给他治好了梅毒疮。即使罗子浮在美丽的花城姑娘来玩时勾引花城，翩翩竟一如既往地对他好，并给他生子娶儿媳。《香玉》中的黄生，家里有老婆，在道观里认识了美丽的花仙香玉，并与之如胶似漆。后来这个牡丹花被移走，花仙消失，黄生悲痛万分中，又与香玉的好友——树仙降雪在一起，原来降雪是来慰藉他失去香玉之身心的。《小谢》中讲了一个叫陶望三的书生，有柳下惠坐怀不乱的水平。结果在住进一个鬼气很重的地方后，发生了改变。两个聪明漂亮的女鬼天天来扰乱，甚至在不打不相识中成为好友，两姑娘小谢和秋容天天给其做饭，像妻子一样地照顾他。其犯事后两女鬼更是竭尽全力救助他，他考取功名后请道士做法术让两女鬼先后变成人并娶了她们。《宦娘》中的书生温如春喜欢弹琴，与同样喜欢琴声的女鬼宦娘相识，求婚而未得。但宦娘却一路暗中帮忙，让其娶到了富贵人家的千金葛良工，而葛良工也喜欢琴声。《连城》中的乔生，因为喜欢懂得连城所绣《倦绣图》的意蕴并写诗寄相思，结果乔生、连城两人经历了生而死、死而生的曲折恋情，最终喜结连理。可是，在这个故事里还出现了另外一个女子——宾娘，她因为乔生和连城多看她一眼便誓死不再他嫁。

下面我们特别分析一个典型的两美共事一夫的故事《莲香》。书生桑晓机缘巧合下认识了“倾国之姝”的狐精莲香并与之发生关系，后来又与“风流秀曼”的美艳女鬼李氏发生关系，且两女子互不干涉，轮流与其缠绵。莲香发现了桑晓的“神气萧索”，怀疑桑生有其他事情，便相约十天后再相见。由于桑生与女鬼李氏的夜夜笙歌，使得莲香十日后见到桑生“惫损”，“脉析析如乱丝”，认为是“鬼症”。桑晓把莲香的关心当成是她嫉妒李氏。李氏查明莲香是狐精，桑生又由此认为李氏是嫉妒。莲香确认李氏是鬼后，不仅给桑生治好病，还建议桑生与其断绝往来以绝后患，并为了证明自己的清白而自愿离开。

> 莲乃叹曰：“诚如君言，君迷不悟，万一不虞，妾百口何以自解？请从此辞。百日后，当视君于卧榻中。”留之不可，怫然径去。由是于李夙夜必偕。约两月余，觉大困顿。初犹自宽解；日渐羸瘠，惟饮饘粥一瓯。欲归就奉养，尚恋恋不忍遽去。因循数日，沉绵不可复起。

桑生整天盼望莲香来救自己，在其奄奄一息之际，莲香飘然而至。经与女鬼李氏对质得知女鬼是良心鬼，但对其能害人这事无能为力，于是恳求莲香拯救桑生，甚至说出了这样的话：“如有医国手，使妾得无负郎君，便当埋首地下，敢复觍然于人世耶!”可见小说中的女鬼李氏是真心实意地爱着桑生。这时莲香拿出拯救桑生的药，竟然是“别后采药三山，凡三阅月，物料始备”。莲香付出了这么大的努力和精力，可见她对桑生也是真心实意地爱并付出着。接下来，两人通力合作，一起给桑生服药并照顾他的饮食起居，直到其最后康复。接下来，剧情还有大反转。李氏因为鬼能害人，所以到处寻找机会还魂成人，最终实现愿望，变成燕儿姑娘的她最终嫁给了桑生，一直与桑生在一起。给桑晓生了儿子的莲香也努力寻找到托生机会，且依然跑来与他们相聚并幸福地生活在一起。甚至，她们还把前世的她们放在一起合葬了。

以上是男人们心中最完美的两美共事一夫的故事。莲香和李氏为了这一个男人的健康幸福和美好，可以说是使出浑身解数，并愿意改掉其身为鬼狐的劣势还魂成人，也依然愿意共同服侍桑生。笔者不得不感叹，这种变态的情感也许只能存在于男人们一厢情愿的幻想里。在真实的现实生活中，嫁为人妇的女子面对丈夫的妻妾成群，难道真能无动于衷吗？笔者认为，无动于衷应该是那些女人基于所谓规则的束缚而没有表现出反抗而已。其实，当我们再次仔细研读这些看似完美和谐的两美共事一夫的故事就可以看到，这些故事还有一个共同的特点，都发生在幻域。这些故事里的女主人公们，要么是鬼狐，要么是人和鬼狐同在。因此，这恰恰证明了就蒲松龄的潜意识来看，他所描写的那种完美与和谐在现实人生中不可能存在。

我们来看《恒娘》，这是蒲松龄描写的现实人生中关于男人妻妾的故事。洪大业娶妻朱氏，尽管“资质颇佳”“两厢爱悦”，还是娶了名叫宝带的小妾。朱氏反抗过，结果是洪大业与宝带的关系更近了。再后来，朱氏认识了恒娘，开始了其驭夫术的学习。第一步，“益饰宝带，使从丈夫寝。供一饮食，亦使宝带共之。洪时一周旋朱，朱拒之益力，于是共称朱氏贤”。这一主动让丈夫与宝带天天在一起并给他们打理好一切的行为，只为有个贤良的好名声。第二步，“勿华服，勿脂泽，垢面敝履，杂家人操作”。这一行为是要对后面的反转作铺垫，也是通过这样的方式让周围人忽略她。第三步，借上巳节游园盛装出席，且不给洪大业机会。这一行为与前面给人的普通印象造成巨大反差，已经让人眼前一亮、新鲜至极。这一招对洪大业的吸引是致命的，更重要的是她还不见他，也就更激发了洪大业的征服欲。即使在第二天洪大业得逞后，也规定了其频率，造成其意犹未尽之感。第四步，反复练习媚术。这一段很精彩，恒娘教朱氏媚术道：

> "……然子虽美，不媚也。子之姿，一媚可夺西施之宠，况下者乎！"于是试使睨，曰："非也！病在外眦。"试使笑，又曰："非也！病在左颐。"乃以秋波送娇，又辴然瓠犀微露，使朱效之。凡数十作，始略得其仿佛。恒娘曰："子归矣，揽镜而娴习之，术无馀矣。至于床笫之间，随机而动之，因所好而投之，此非可以言传者也。"

在恒娘的调教下，在朱氏这里，洪大业竟然如狗皮膏药般"不能推之使去"。即使这样，"朱益善遇宝带，每房中之宴，辄呼与共榻坐"。可越是这样，对比越强烈，"洪视宝带益丑，不终席，遣去之"。朱氏甚至特意让洪大业入宝带房间，结果"洪终夜无所沾染"。"于是宝带恨洪，对人辄怨谤。洪益厌怒之，渐施鞭楚。宝带忿，不自修，拖敝垢履，头类蓬葆，更不复可言人矣。"就是这样，朱氏通过恒娘的调教，一步一步让丈夫洪大业离不开她，并厌恶其小妾宝带。

在这一故事里面，正室朱氏与小妾宝带之间，可谓是一场没有硝烟的战争。在这里面，恒娘就像朱氏前线打仗的军师，坐镇帐中决胜于洪大业家。在这样的家庭关系里，女人要想长久地被男人宠爱，需要不断丰富自己的战略战术。在笔者看来，在一夫多妻制的家庭环境里，这是女人作为被规定者的悲哀。仔细分析这些朱氏的驭夫术，我们发现，这根本就是一些对丈夫的讨好术。在真实的婚姻关系中，女方永远是弱者。为了能够在丈夫不断想纳妾或实际纳妾的行动中占据有利地位，只能想尽办法、用尽手段，让自己得宠的时间长一点、再长一点。在这样的婚姻关系里，女人本质上是丈夫的玩物。

五、妻不服宗主管遭罚

在古中国男尊女卑的社会里面，一个男人可以有三妻四妾，只要愿意，可以无限制地纳妾。妻妾们在男人看来是他们的私有财产，所以妻子必须从一而终。对女人来说，在家从父、出嫁从夫、夫死从子，就是她们的悲剧宿命。在一个家庭里，女人们为了这一个男人，个个都使出浑身解数争宠。于是，在一个男人的喜怒哀乐下，一帮女人在一起互相为难，只为踏上那个可以抬高自己身价的独木桥。否则，在这样的家庭里，她们只能孤独寂寞而死，就像蚂蚁一样无声无息地来，又无声无息地去。并且，男人们为了维护自己在家庭中的统治地位，也实施了许多变态的限制措施和修建贞节牌坊这样的愚民政策。万一有人不服从管理出轨了，浸猪笼等凶狠残暴的手段层出不穷，只有你想不到，没有他们做不到。

《折狱》中讲的是浙江费公祎在淄川做县令时判的两桩案子。关于费县令如何会审案、判案，如何把这种看似毫无缘由的案子审得清清楚楚、明明白白，笔者不想多去探究。在这里，很巧合的是，这两桩案子都与女人的出轨有关。第一件是一个女人丢了丈夫为她出门借来的首饰，因无钱偿还而发愁。此时，那个拾到首饰的人来逼迫她，才有了她的被动出轨。这个贪得无厌的男人却以此为要挟，让其继续满足他。为了支走这人，女人随意找借口说丈夫死后再说。没想到贪婪且毒辣的无赖竟很快找机会把妇人的丈夫杀害，于是妇人最终自杀身亡。在这样的故事叙述中，我们认为作者还想告诉女人们，即使被逼迫也不可以出轨，这不仅会搭上丈夫的性命，还会把自己的性命也搭进去，得不偿失。第二件是一个妇人与相好的合谋害死自己的丈夫并嫁祸他人的故事。淄川县令最后还原故事真相，妇人的姘头遭到了法律的制裁。这个故事里，我们还能读出作者另外一个对于女人的建议：千万不能出轨，因为世界上根本就没有侥幸逃脱的。

如果说在《折狱》当中作者对出轨女人的谴责还是比较温和的，那么在《犬奸》《青城妇》《贾儿》中，作者所表达的情感就激烈乃至变态了。

我们先看《犬奸》，文章很短，全文抄录于下：

> 青州贾某，客于外，恒经岁不归。家畜一白犬，妻引与交，犬习为常。一日，夫至，与妻共卧。犬突入，登榻，啮贾人竟死。后里舍稍闻之，共为不平，鸣于官。官械妇，妇不肯伏，收之。命缚犬来，始取妇出。犬忽见妇，直前碎衣作交状。妇始无词。使两役解部院，一解人而一解犬。有欲观其合者，共敛钱赂役，役乃牵聚令交。所止处，观者常数百人，役以此网利焉。后人犬俱寸磔以死。呜呼！天地之大，真无所不有矣。然人面而兽交者，独一妇也乎哉？
>
> 异史氏为之判曰：“会于濮上，古所交讥；约于桑中，人且不齿。乃某者，不堪雌守之苦，浪思苟合之欢。夜叉伏床，竟是家中牝兽；捷卿入窦，遂为被底情郎。云雨台前，乱摇续貂之尾；温柔乡里，频款曳象之腰。锐锥处于皮囊，一纵股而脱颖；留情结于镞项，甫饮羽而生根。忽思异类之交，直属匪夷之想。尨吠奸而为奸，妒残凶杀，律难治以萧曹；人非兽而实兽，奸

秽淫腥，肉不食于豺虎。呜呼！人奸杀，则拟女以剐；至于狗奸杀，阳世遂无其刑。人不良，则罚人作犬；至于犬不良，阴曹应穷于法。宜支解以追魂魄，请押赴以问阎罗。”

关于这一故事，作者写得并不长，只有200字左右，但作者对这一事情的评价却比故事还长，有近240个字。这在《聊斋志异》中能有如此长篇的“异史氏曰”亦实属罕见。可见，这一事件对蒲松龄来说有多大的震撼力。仅凭“呜呼！人奸杀，则拟女以剐；至于狗奸杀，阳世遂无其刑。人不良，则罚人作犬；至于犬不良，阴曹应穷于法”这一席话，足见蒲松龄对女人出轨的态度。作者认为，女人出轨天理难容，“剐”是必须的。在该小说的叙述中，尽管字数很少，我们依然能读出隐藏在世人（男人）心中对女人出轨行为的痛恨。就该小说而论，可以概括为三点：第一，即使出轨，出轨对象也应该是畜生——狗；第二，如果出轨，不小心就把自己的丈夫害死；第三，出轨后最令人不堪的惩罚就是当众让其与牲畜交，大众观赏，有人收费。这是对女性生不如死的折磨和凌辱，比让她们死一万回还要一万倍地难以接受。跳出作为男人附属品、男人私有财产这个框架，我们再来审视古时女人的出轨：同样是妻子（丈夫）在自己的丈夫（妻子）外，又与别的男人（女人）发生性关系，为什么丈夫的行为就受到广泛保护，而妻子的行为就该当受“剐”呢？

再看《青城妇》，更短，亦抄录于下：

费邑高梦说为成都守，有一奇狱。先是，有西商客成都，娶青城山寡妇。既而以故西归，年馀复返。夫妻一聚，而商暴卒。同商疑而告官，官亦疑妇有私，苦讯之。横加酷掠，卒无词。牒解上司，并少实情，淹系狱底，积有时日。后高署有患病者，延一老医，适相言及。医闻之，遽曰：“妇尖嘴否？”问：“何说？”初不言，诘再三，始曰：“此处绕青城山有数村落，其中妇女多为蛇交，则生女尖喙，阴中有物类蛇舌。至淫纵时，则舌或出，一入阴管，男子阳脱立死。”高闻之骇，尚未深信。医曰：“此处有巫媪，能内药使妇意荡，舌自出，是否可以验见。”高即如言，使媪治之，舌果出，疑始解。牒报郡。上官皆如法验之，乃释妇罪。

这也是一则女人出轨对象是动物的。在男权强压的社会环境下，男人们对从属于男人的女人不服从宗主管理擅自出轨的行为，非常深恶痛绝。他们诅咒她们出轨的对象一定不是正常的“人”，生的孩子一定有怪病，这一怪病还需要无数次地展示给别人看，有时还需要展示一个女人最隐私的部位。

聊斋小说中类似的小说还有《贾儿》，在这个故事里，女人出轨至非人，还被自己的儿子发现。于是儿子追赶着母亲的出轨对象砍杀。想想看，一个妇人出轨，其最不愿让自己的孩子亲眼看到。一个母亲最不堪、最隐私的一面，就这样暴露在自己孩子的视线里。这应该算是对母亲最恶心的惩罚，可见施罚者内心肮脏至极。

女人不服从其宗主地位的男人管理，还有一种男人看来大逆不道的行为，就是悍妇模式。悍妇形象也是完全颠覆女子“三从四德”的行为准则的。我们先来了解一篇《江城》，主人公江城外貌美艳动人，但行为非常彪悍。其表现有：第一，江城喜欢聒噪，“生稍稍反其恶声，女益怒，挞逐出户，阖其扉”。第二，亲生父母帮其到亲家家里说好话，反惹恼江城，她气死父母且不去凭吊。第三，高蕃因为独居寂寞找妓女过夜，江城则过来大闹，使得他“大惧失色，堕烛于地，长跪觳觫，若兵在颈。女摘耳提归，以针刺两股殆遍，乃卧以下床，醒则骂之”。第四，高蕃被江城姐姐用棍棒赶出家门，江城撂下“人家男子，何烦他挞楚耶!”带上佣人和木棍就去找姐姐姐夫寻说法去了。第五，高蕃与文友在一起随口说些孟浪之话，江城出面，“生从至家，伏受鞭扑。从此禁锢益严，吊庆皆绝”。第六，“一日，与婢语，女疑与私，以酒坛囊婢首而挞之。已而缚生及婢，以绣剪剪腹间肉互补之，释缚令其自束。月余，补处竟合为一云。女每以白足踏饼尘土中，叱生摭食之”。关于江城为何如此彪悍，小说给出的原因是“此是前世因江城原静业和尚所养长生鼠，公子前生为士人，偶游其地，误毙之。今作恶报，不可以人力回也”。后来江城在高蕃母亲的虔诚念佛意念引导下，认识到了自己的错误，认真道歉并痛改前非，还主动为丈夫纳妾。笔者以为，狗尾续貂式的结尾，是那一时代人们盼望的结局。可是，当我们仔细分析江城的种种悍妇行为，都是源于对丈夫高蕃的爱，以及追求美好且高雅的爱情生活，坚决抵制低俗，不愿低声下气求人，唯愿活出自我。不得不说，这是一个新时代女性形象。可惜的是，如此张扬自我的女性，最终被可恶的社会价值观所同化，长成了自己原先最厌恶的模样。笔者认为，这是江城的悲哀。

我们再来看一下《马介甫》。小说中讲书生杨万石娶妻尹氏，尹氏“奇悍”。她的“悍”表现如下：第一，对待杨万石的父亲态度恶劣，让其做家奴还衣不蔽体。第二，朋友来做客，很久不上饭菜，且菜的味道极差，“脱粟失饪，殊不甘旨”。第三，知道马介甫给杨老汉买新衣、供饭食后骂其多管闲事。第四，知道杨万石小妾怀孕后，先“褫衣惨掠”，后“就榻搒之，崩注堕胎”，使得杨万石断后。第五，在知道是杨万石朋友马介甫的帮忙使她遭受身体和精神的恐吓后，让杨万石“长跽床下”，后“妇方诟詈，忽见翁来，睹袍服，倍益烈怒；即就翁身条条割裂，批颊而摘翁髭”。气急的万石兄弟“以石击妇”后，投井而死。第六，尹氏苏醒康复后，对弟媳及侄子百般折磨，致使杨万石侄子“积半岁，儿尫羸，仅存气息”。我们暂不分析此悍妇到底为何如此之悍，先来了解一下这一悍妇的结局：第一，马介甫给杨万石服“丈夫再造散”，“万石不语，割股上肉，大如掌，掷地下；方欲再割，妇哀鸣乞恕。万石不听，又割之”。第二，家里遭火，烧尽家财，两人只能沿街乞讨。第三，生活难以为继，被杨万石卖给屠夫，“尹从屠半载，狂悖犹昔。夫怒，以屠刀孔其股，穿以毛绠，悬梁上，荷肉竟出。号极声嘶，邻人始知。解缚抽绠；一抽则呼痛之声，震动四邻。以是见屠来，则骨毛皆竖。后胫创虽愈，而断芒遗肉内，终不良于行；犹夙夜服役，无敢少懈。屠既横暴，每醉归，则挞詈不情”。第四，被发达了的杨万石小妾（此时已是正妻）取笑，想上吊也死不了，屠夫死后，到处沿街乞讨并遭人耻笑。对比悍妇尹氏以前之悍和之后受的罪，笔者认为，后者比前有过之而无不及。还有，笔者认为，尹氏的悍当源于结婚那么久而未怀孕，是提前进入更年期所致。只是，那时不懂科学，也就没法医病了。况且，其丈夫杨万石的懦弱真的让人来气，帮过他多次的马介甫，也承认杨万石是扶不起的阿斗。可是，那一时期的人们，没有人追问尹氏这样是否有原因，只是对尹氏的行为恨之入骨，且迫切希望其未来的遭际能入地狱，最好都让生活变本加厉地还给她。小说中尹氏的结局也恰好证明了这一点。

第五章　《聊斋志异》艺术手法的“中国风”特色

本部分中的艺术手法即艺术表现手法，指作者在文学创作时为塑造形象、反映生活、表达思想和情感而运用的各种具体方法和技巧。蒲松龄在创作《聊斋志异》的过程中，用到了一些艺术手法，其中一些还带有浓浓的中国特色。在此，我们主要探讨其语言表达骈文化、意境营造虚实相生、技法上以传奇而志怪。

第一节　语言表达骈文化

一、关于骈文与骈文化

蒲松龄作为一个旧时代的读书人，文章语言是经得住推敲的，其对占据中国传统文章写作重要地位的骈文一直是喜欢的。“《蒲松龄集》中的骈文主要保存在《聊斋文集》中。《文集》共13卷，有文458篇。其中卷一收赋11篇，均为骈文；卷四之题词两篇为骈文；卷七之婚启56篇，均为骈文；卷九之祭文41篇，均为骈文；卷十之《祝词文》《为花神讨封姨檄》《责白髭文》等九篇为骈文；卷十一之拟表31篇，卷十二之拟表48篇，均为骈文；卷十三之拟判66篇，亦均为骈文；也就是说，458篇中有264篇为骈文，占文集总数的一半以上。其他作品如书启、文告、呈文、杂文等也多骈散结合，带有极强的骈文性质。”①可见，蒲松龄的骈文写作功底深厚。因此，在其代表作《聊斋志异》的写作中涌现出类乎骈文的句法也就不足为奇了。聊斋学者王恒展先生对于《聊斋志异》文本的骈文化倾向是这样阐述的：“通阅《聊斋志异》，明显地与骈文有关的作品计有三十余篇。这些作品与骈文的关系大抵有三种情况：一是骈散结合，在描绘景物、叙述情事的散文中偶夹带几句语言对偶、句式整炼、声韵和谐的骈句，使作品显得格外雅致。二是根据故事情节的需要，在作品中穿插骈文作品。三是在一部叙述与议论相结合的作品中直接站出来，用骈文进行议论，以进一步抒发感情，深化作品的旨意。”②

关于骈文，《大汉语词典》是这样解释的：“文体名，与散文相对称。也叫骈体文。因其字句皆成对偶而得名，其以四字六字与四字六字相对为基本句法者，别称四六文。并讲究声律的调谐、用字的绮丽、辞汇的对偶和用典。”柳宗元的《乞巧文》中则有这样的说法：“骈四俪六，锦心绣口。”可见，唐人对骈文这种四六字句式的推崇和喜爱。在笔者看来，人们对四六文的喜爱，其实是源于我们传统审美中对对称的喜爱。观察我国的传统建筑、雕刻，甚至民间剪纸，我们都可以观赏到其中的对称精神。另外，还应该源于这种四六字格式的朗朗上口，听觉效果不错，有音乐的美感。当然，随着时代的推移，关于骈文的标准样式有些微差别，有的只是提倡四六句，并不要求一定对偶。

正是由于要创作出上乘的、纯粹的、合规的骈文作品较难，加之人们对这种行文中四六体式的喜爱，写作中呈现出骈文倾向也就在所难免了。基于以上原因，本书中提出的《聊斋志异》“骈文化”问题，并不是指其中有的文章写成了纯粹的、合规的骈文（根据王恒展先生研究的，《聊斋志异》中只有30余篇与骈文有关系），而是指具有骈文倾向，即带有一定的骈文体式，诸如四六字格式，偶尔会有对偶的表达。基于这样的定位，我们会看到《聊斋志异》的绝大多数文本中，都有四六字格式的表达，当然其中也夹杂着其他语言格式，偶然情况下，因行文的需要会有对偶或对仗。

二、骈文化小说与西方相关文体的区别

在西方文学中，有两种小说故事样式比较接近蒲松龄《聊斋志异》的骈文化

---

① 王恒展：《骈文 蒲松龄〈聊斋志异〉》，载《蒲松龄研究》1998年第4期。

② 王恒展：《骈文 蒲松龄〈聊斋志异〉》，载《蒲松龄研究》1998年第4期。

模式：诗体小说和韵文故事。

关于诗体小说，在西方的流传较为广泛，是用诗的形式写成的小说。其与一般叙事诗相比较，不仅篇幅更长，更主要的是它还能像小说那样，有比较细致的人物性格描绘，有完整的情节结构书写。不过，诗体小说是用诗的语言描写的小说故事，其能抒发更强烈的感情，但细节描写又往往不如小说那样细致具体。通过阅读诗体小说的代表作（如普希金的《叶甫盖尼·奥涅金》，弥尔顿的《失乐园》，荷马史诗的《奥德赛》《伊利亚特》等），我们会发现，这些小说故事完整、情感充沛、语言诗意，但因诗歌创作的局限，小说细节刻画缺少更为生动形象的描绘。

关于韵文故事，是法国在中世纪时期的城市文学中出现的一种故事体裁，这种故事最大的特色就是句子因押韵而带来的韵律感较强。这种故事对作者水平要求较高，况且这类体裁大约只在民间流传，所以流传下来的故事极少，其中《列那狐传奇》和《玫瑰传奇》是其中的佼佼者。简单说来，这是一种诗体小故事，从民间歌谣的基础上发展而来。基于此，这种韵文故事尽管在完整性上没问题，但在细节刻画、人物形象塑造，甚至情节结构的构建和表达上，都存在一定缺陷。

无论是诗体小说，还是韵文故事，在关于小说故事的表达和刻画上，与蒲松龄创作《聊斋志异》是不一样的。因为聊斋故事不仅注意小说语言节奏的诗性表达，而且在人物塑造上也非常生动形象。另外，在艺术形式的表现和把握上，蒲松龄的骈文化模式使得其小说带有浓郁的中国特色，且又有自己的扬弃和坚持，更有别于纯粹的诗体小说或韵文故事。因此，我们不得不承认蒲松龄小说创作上的骈文化是方块汉字独有的表达方式，带有强烈的中国特色。

三、《聊斋志异》语言骈文化的例证

基于以上考量，我们提出的《聊斋志异》的语言骈文化特征，无疑打上了鲜明的“中国风”烙印。通读全部《聊斋志异》，我们不难发现，《聊斋志异》的任何一篇小说，语言表达上都有骈文化倾向，在用与不用之间灵活切换，让每一个聊斋故事的表述都充满了中国文人的雅趣。在本书中，我们不便列举较长的篇目，因为只有把全文列出，读者真实地朗读和感受，才可以体味出这种语言的魅力。我们来读一篇小说《地震》：

康熙七年六月十七日戌刻，地大震。余适客稷下，方与表兄李笃之对

烛饮。忽闻有声如雷，自东南来，向西北去。众骇异，不解其故。俄而几案摆簸，酒杯倾覆；屋梁椽柱，错折有声。相顾失色。久之，方知地震，各疾趋出。见楼阁房舍，仆而复起；墙倾屋塌之声，与儿啼女号，喧如鼎沸。人眩晕不能立，坐地上，随地转侧。河水倾泼丈余，鸡鸣犬吠满城中。逾一时许，始稍定。视街上，则男女裸聚，竞相告语，并忘其未衣也。后闻某处井倾仄，不可汲；某家楼台南北易向；栖霞山裂；沂水陷穴，广数亩。此真非常之奇变也。

有邑人妇，夜起溲溺，回则狼衔其子。妇急与狼争。狼一缓颊，妇夺儿出，携抱中。狼蹲不去。妇大号。邻人奔集，狼乃去。妇惊定作喜，指天画地，述狼衔儿状，己夺儿状。良久，忽悟一身未着寸缕，乃奔。此与地震时男妇两忘者，同一情状也。人之惶急无谋，一何可笑！

上文中四六字语言灵活，切换如行云流水，中间间或夹杂两三字或五字的句子来调节节奏。这样的语言表达整齐又充满变化，朗声读来更像音乐，充满着跌宕起伏的乐感。品味故事的意境和内涵，以及故事里这些人物形象的描画，细节传神、栩栩如生，故事讲述在动静之间、快慢之中自由切换，并达到了引人入胜的效果。该文中四六字的文句非常多，且一气呵成，描述过程相当有气魄。而且，在行文过程中还出现了对偶、对仗等修辞格的运用，比如“自东南来，向西北去”等。山东大学文学院教授马瑞芳对此故事这样评价：“蒲松龄以生花妙笔真实记录了中古史上最大的一次地震。蒲松龄以亲身感受由近及远、由点及面、由局部到整体对这次地震做实录。有着眼于地域性损害的镜头，有着眼于地震烈度的镜头，有地震对整个山东影响的俯瞰。像摄像机‘摇镜头’，将非常之变中的自然景观、人文现象尽收笔底。一篇短文写得层次分明、详略得当，精彩！”①

我们再来欣赏一篇短文——《山魈》：

孙太白尝言：其曾祖肄业于南山柳沟寺。麦秋旋里，经旬始返。启斋门，则案上尘生，窗间丝满。命仆粪除，至晚始觉清爽可坐。乃拂榻陈卧具，扃扉就枕，月色已满窗矣。辗转移时，万籁俱寂。忽闻风声隆隆，山门豁然作响。窃谓寺僧失扃。注念间，风声渐近居庐，俄而房门辟矣。大疑

① 杭州大学中文系《古文类选》编注组：《古文类选》，浙江人民出版社1981年版，第149页。

之。思未定，声已入屋；又有靴声铿铿然，渐傍寝门。心始怖。俄而寝门辟矣。急视之，一大鬼鞠躬塞入，突立榻前，殆与梁齐。面似老瓜皮色；目光睒闪，绕室四顾；张巨口如盆，齿疏长三寸许；舌动喉鸣，呵喇之声，响连四壁。公惧极。又念咫尺之地，势无所逃，不如因而刺之。乃阴抽枕下佩刀，遽拔而斫之，中腹，作石缶声。鬼大怒，伸巨爪攫公。公少缩。鬼攫得衾，捽之，忿忿而去。公随衾堕，伏地号呼。家人持火奔集，则门闭如故，排窗入，见状大骇。扶曳登床，始言其故。共验之，则衾夹于寝门之隙。启扉检照，见有爪痕如箕，五指着处皆穿。既明，不敢复留，负笈而归。后问僧人，无复他异。

在这篇短小的描写山鬼的故事里，有非常多的四字句、六字句格式，尽管并未采用对偶格式，但语言的艺术魅力依然非常强大。诸如“辗转移时，万籁俱寂。忽闻风声隆隆，山门豁然作响。窃谓寺僧失扃”等句，精彩之至。还有，声音的恐怖、厉鬼形象及一系列动作一气呵成，再加上鬼与人的这场惊心动魄的惟妙惟肖的对峙，让读者的心脏紧绷、感同身受。

在笔者看来，优秀的小说作品，需要在故事的叙述之中突显人物形象，借助人物细腻生动的语言、行动等细节来表现人物的与众不同之处。像这样的小说，竟能够熟练运用如此精巧的带有骈文倾向的手法来写作，难度确实相当巨大。蒲松龄在骈散之间灵活转换，将一个个神怪诡异的故事描述得跌宕起伏，人物活灵活现如在眼前，如此纯熟的语言魅力确实征服了我们每一位读者。

第二节　意境营造虚实相生

一、关于虚实相生

关于虚实思想大约来源于道家，道家认为道是宇宙的本体，决定天地万物的无与有。老子认为无是万物的开始，汉初黄老之道继承了老子以道为万物本源的宇宙论，又吸收了阴阳家的思想，以阴阳气化理论解释道生天地万物的过程。这是哲学上对由虚到实、由无到有的理解。后来，虚实思想被广泛运用到武术、兵学、艺术等各个领域，并逐步发扬光大。

虚实思想进入艺术创作领域，成为意境营造的重要手法，被众艺术家推崇之至。宋代郭熙的《林泉高致》提出了“三远”，他说：“山欲高，尽出之则不高，烟霞锁其腰，则高矣。”[1]我们看到，在中国画的传统技法中，“虚”是指图画中笔画稀疏的部分或空白的部分，目的是给人以想象的空间，让人回味无穷；“实”则是指图画中勾画出的实物、实景以及笔画细致丰富的地方。这样的虚实结构，不仅促成了画面感的平衡，更给画作的欣赏者带来了无限的想象空间。欣赏画作，无象之境甚至比有象之境还要有趣和让人着迷，这就是虚实相生带给欣赏者的艺术震撼。这一审美习惯，对于擅长含蓄蕴藉的中国人来说特别受用，所以这种虚实相生的意境创作手法被国人广泛接受和推崇。这一特点确实与西方审美有较大区别。西方的油画、雕塑等各种艺术创作提倡的是科学。比如，油画一定要科学地关注投影。据说雕塑家还是人体解剖学家，因为其雕塑艺术作品各种比例必须与真实无异。据此，我们认为，虚实相生的意境营造技法非常有中国特色。

在文学创作领域，虚实相生是意境营造的重要技法。虚境是指由实境诱发和开拓的审美想象的空间，虚境通过实境来实现，实境要在虚境的统摄下来加工，虚实相辅相成、互相成全。清初文人赵执信在他的《谈龙录》序言里有一段话，很生动、很形象地说明了关于虚和实的辩证统一关系，认为虚实相生才是艺术的最高成就：

> 钱塘洪昉思（按：即洪升，《长生殿》曲本的作者）久于新城（按：即王渔洋，提倡诗中神韵说者）之门矣。与余友。一日在司寇（渔洋）论诗，昉思嫉时俗之无章也，曰：“诗如龙然，首尾鳞鬣，一不具，非龙也。”司寇哂之曰：“诗如神龙，见其首不见其尾，或云中露一爪一鳞而已，安得全体？是雕塑绘画耳！”余曰：“神龙者，屈伸变化，固无定体，恍惚望见者第指其一鳞一爪，而龙之首尾完好固宛然在也。若拘于所见，以为龙具在是，雕绘者反有辞矣！”[2]

从赵执信的这段记录来看，他认为在文学创作中纯粹的虚，如王渔洋提倡的神龙见首不见尾的神韵说，不美，不易弄懂，容易给读者造成不知所云的茫然；如王渔洋认为纯粹如雕塑绘画的实，又让人感觉缺少些另外的味道。这里需要纠正一下，在笔者看来，中国画的绘画有虚的一面，并不是如王渔洋所言属于纯粹

---

① 葛路：《中国画论史》，北京大学出版社 2009 年版，第 120 页。

② 赵执信：《谈龙录（序言）注释》，赵蔚之、刘聿鑫（注释），齐鲁书社 1987 年版，第 6～7 页。

的写实风。最关键的是，在这段文字里赵执信提出了文学创作虚与实应同时具备的观点。这样的观点，到今天我们依然承认在文学创作的意境营造中虚实是辨证统一的，虚实相生才可以营造出真正的艺术意境之美。

我们知道，赵执信的《谈龙录》一书专为批驳王士禛诗论而作，特别是针对王渔洋的神韵说。但不可否认的是，我们感受到了其在论述中不断强调的中国人虚实相生的审美精神。在中国的审美文化中，讲究含蓄蕴藉，点到而不说破，言有尽而意无穷，这就是虚与实的互相成全。比如，《列子·汤问》有“余音绕梁”的说法，《论语·述而》云：“子在齐闻《韶》，三月不知肉味，曰：‘不图为乐之至于斯也。’”朱熹集注认为，“盖心一于是，而不及乎他也”。在笔者看来，造成这样的状况，不仅在于孔子的专心赏乐，还在于音乐给人营造的广阔想象空间所致。也就是说，不仅中国画讲究意境营造的虚实相生，文学、音乐、兵学亦是如此，所以说这一思想具有鲜明的中国元素和中国特色。

《聊斋志异》是我国非常经典的短篇小说集，作者在小说意境的营造上成功运用了虚实相生这一中国传统的写作技法，使得其中的小说故事篇篇摇曳多姿、含蕴无穷。

二、《聊斋志异》意境营造中的虚实相生

《聊斋志异》作为非常经典的清代短篇小说集，中国特色的虚实相生的意境营造艺术技巧在各个小说中也是随处可见。基于虚实相生范畴的广泛性，在这里，我们将分成几个类别来讨论虚实相生在《聊斋志异》中的运用。

(一)现实之事为实，奇怪(虚幻)之事为虚

《聊斋志异》中这样的故事占了绝大多数。在这类故事中，有的开篇介绍真实存在的人物的情况，然后讲述其在某天或某个时辰遭遇的非常奇异的事情；还有的是先介绍此真人的情况，一般来说此真人与讲述者有某种亲密关系或者即为一人，然后讲述此真人遭遇的怪事，最后再回到描写此真人身上或周边留下怪事的痕迹。

先说第一种。《耳中人》开篇写：

> 谭晋玄，邑诸生也。笃信导引之术，寒暑不辍，行之数月，若有所得。一日……

这样的交代就告诉我们确有其事，是实写的部分。接下来，便开始讲述他在这一天所遇奇妙虚幻的事件。《尸变》开篇写：

阳信某翁者，邑之蔡店人。村去城五六里，父子设临路店，宿行商。有车夫数人，往来负贩，辄寓其家。一日昏暮……

接下来，又是这人亲眼看到的尸变奇事。就这奇事而言，带有极强的虚拟成分。

《喷水》开篇写：

莱阳宋玉叔先生为部曹时，所僦第，甚荒落。一夜……

这里的宋玉叔，即宋琬。宋琬(1614～1673)，字玉叔，号荔裳，莱阳(今山东莱阳)人。清初著名诗人，与施闰章齐名，时称"南施北宋"，有《安雅堂集》。宋琬为顺治四年(1647)进士，授户部河南主事，调吏部稽勋司郎中，后迁浙江、四川按察使。其中，主事、郎中均为内阁各部的属官，即"部曹"。"为部曹时"，应该是指宋琬在京做官期间。这一历史上的名人，在其租赁的院落中发现了一桩奇异的事情——尸体喷水。

再说第二种。《山魈》里讲的是人遇到山怪的故事，是由孙太白讲述的。他说其曾祖在南山柳沟寺读书时，一次"麦秋旋里，经旬始返"后遇见山怪。一个山怪钻到了他的屋内，他的曾祖与山怪搏斗，被山怪用巨爪攫抓，人也被拖带到了床下。等到仆人们来看时，孙太白的曾祖确实在地上，且身体上有抓痕。《咬鬼》讲述的是人咬鬼的故事，讲述者是沈麟生，故事的主人公是他的朋友。他的朋友白天睡觉时，在朦胧之间遭遇一女鬼来侵犯自己，情急之下咬了女鬼。后来，夫人进屋，女鬼才仓皇"遁去"。回到现实中的沈麟生的朋友依然能闻到他咬鬼而流出的液体非常腥臭，"果数日，口中尚有余臭云"。《荞中怪》讲的是长山县的一个姓安的老翁在收割的荞麦里发现鬼怪的故事，而且他还带领佃户们几次三番地与荞中怪做斗争。他们的战略战术是边斗边跑，用箭射。可是，"麦既登仓，禾藍杂遝，翁命收积为垛，而亲登践实之，高至数尺。忽遥望骇曰：'鬼物至矣！'众急觅弓矢，物已奔翁。翁仆，龁其额而去。共登视，则去额骨如掌，昏不知人。负至家中，遂卒"。那一怪竟然咬了一口安老翁的额头，且老翁最后死掉了。《庙鬼》讲王渔洋父亲亲历的事情，"新城诸生王启后者，方伯中宇公象坤曾孙。见一妇人入室，貌肥黑不扬"。接下来，他被这妇人弄疯癫了，一会儿要上吊自杀，一会儿又跳河自杀，直到一个武士拿着大锁链把这个妇人拉出房间，"才至窗外，妇不复人形，目电闪，口血赤如盆。忆城隍庙门中有泥鬼四，绝类其一焉。于是病若失”。

在这类故事中，作者的目标是写奇闻怪事。如果不点明奇闻怪事具体的时间、地点和人物，往往使得故事缺少真实的背景作为依托，怪事无可信度。如此这般，也就失去了故事存在的价值。很显然，这类故事继承了志怪小说的衣钵，虚实相生的写作技法使得本来玄幻虚无、好像不可信的故事变得真实可信。

（二）故事叙述为实，思想情感为虚

聊斋故事中，除去有些故事只是为了描述事情的奇异之外，作者讲述的大多数故事则都是有所指的。这些故事本身并不是作者的写作目的，借故事表达作者深潜于内的情感或思考才是作者的真正目的。这一写作方式，是深植于我国文化传统中的含蓄内敛所致，这也属于一种虚实相生的技法。

比如，《瞳人语》写的是一个长安城的读书人方栋的故事。他“佻脱不持仪节。每陌上见游女，辄轻薄尾缀之”。在清明节的前一天，偶然到郊外游玩时看到了一女子坐一小车路过，在人家掀帘子的瞬间偷窥到这一女子非常美貌。于是他轻佻的毛病又犯了，“目炫神夺，瞻恋弗舍，或先或后，从驰数里”。结果，被女子的婢女“掬辙土飏生”，致其双目失明。后来方栋专心念经，“持之一年，万缘俱净”，约束并检点自己的行为，才使得一只眼尽管依然重瞳但已恢复基本的视力。故事比较曲折，描述了方栋两个瞳人的对话及游玩的事情，这些只是为了让人读来更有趣而已。作者写这一故事，最终想表达的是他对许多轻薄者的讽刺和嘲笑，这在他的“异史氏曰”中表达得很清楚：“轻薄者往往自侮，良可笑也。”

《婴宁》是《聊斋志异》中的名篇，女主人公婴宁曾经是一个特别爱笑、天真烂漫、无忧无虑的美少女，生活在远离人间的山里。她的世界美好，没有掺杂一丝世俗的污浊。后来，她结婚了，嫁给了一个来自人间的书生。当天真烂漫的婴宁进入人间开始她新的生活后，不断碰壁，甚至还遭人诟骂，后来就再也不笑了。这一故事，让我们感受到了蒲松龄的难过和无奈，他用自己的笔对这个黑暗的社会进行控诉，是黑暗的社会把人类迫害成这个样子，人的世界里已经不再有美好和纯真。《王兰》中讲王兰因为错死得到阴曹的补偿，变成了鬼仙。即使死去，他依然挂牵着还在人世生活的家人。因为家境实在太穷困了，便借着自己的仙术附在未死的张姓朋友身上，外出行医赚钱。无赖贺才发现了这一秘密，便贪得无厌起来，最终死于非命。即使到阴曹，这样的人也没得到好的下场。可见，无论何时，都不能贪得无厌，这是蒲松龄通过这个故事告诉我们的。

《狐联》的开篇这样写：“焦生，章丘石虹先生之叔弟也。读书园中。宵分，有二美人来，颜色双绝。”两个美女突然而至，原来是思慕焦生这一书生界的名流。一开始，焦生正色拒绝两美女的勾引和撩拨。既然是名流，便玩点高雅的，两个女狐要让其对对联。对出了，就不打扰；对不出，要继续打扰。她们的上联是“戊戌同体，腹中止欠一点”，书生思考良久无法对出，于是一女狐只好自对曰“己巳连踪，足下何不双挑”。对完，她们大笑着离开了。不是说好了留下来继续打扰吗？两个女狐离开这一行为，充满了对这一所谓名流书生的不屑和讽刺。从另外一个侧面印证了女狐精神的不俗，以及不愿与徒有虚名者同流合污的高洁。这一细节，让人想起张岱《夜航船》序言中谈到的那个故事：

> 昔有一僧人，与一士子同宿夜航船。士子高谈阔论，僧畏慑，卷足而寝。僧人听其语有破绽，乃曰：“请问相公，澹台灭明是一个人，两个人？”士子曰：“是两个人。”僧曰：“这等尧舜是一个人，两个人？”士子曰：“自然是一个人。”僧乃笑曰：“这等说起来，且待小僧伸伸脚。”

相信当年的蒲松龄也许读过明人小品文作家张岱的《夜航船》，一定也为其序言中这个故事会心地笑过。在《狐联》中，他又营造了一个类似的情境，这次的问题，比僧人和士子谈论得更高雅，并且还是被两个美女问倒了。在男权世界里，这个占领绝对宗主地位且是读书人中的名流，竟然是此种货色。蒲松龄想要通过这个故事告诉我们，在他生活的时代有太多故作高深、自以为是的假名流。联想到蒲松龄的坎坷遭遇以及屡试屡败的经历，还有处于社会底层耳闻目睹的小人物生存的艰难，难免会对那些高高在上、不学无术之辈充满了鄙夷和嘲讽。

又如开篇小说《考城隍》，讲的是一个姓宋的读书人临死时的一次梦境最后竟应验的事。关键是小说的梦境，宋生到阴曹参加科举考试并被放官做城隍。因为要照顾年事已高的母亲，便向阴曹官员请求回家照顾母亲，母亲死后再赴任。小说描述的是宋生的一个梦境，讲的是一个不存在的人死后的世界，当然算是虚构的；但读来却很真实，特别是考试出的八股文题目“一人二人，有心无心”，与实际的科考毫无二致。以及后来有人代替他先去做城隍，醒来后确实有人代他死去，且母亲死后他也随之死亡的事，又印证了阴曹的那场虚构的梦境似乎又是真实的。小说中讲述的宋生到阴曹考城隍的故事固然奇怪，但就作者蒲松龄来说，其介绍这样的一件怪事的目的肯定不在怪事本身。透过这一事件，他想告诉给世人的是科举制度对举子们造成的伤害，直到走上黄泉路，他们依然念念不忘为之奋斗了一辈子、学习了一辈子的八股文，真是既可悲又可叹。另外还有一点，就是孝顺父母是一个人一辈子最大的事，也是最重要的事，即使在阴曹也遵循这一规则。这一点，在中国的文化传统中特别强调：在任官员的直系父母或祖父母去世必须辞官不做，不参与任何活动且在家守丧三年。这一道德礼仪自汉代起直到清末漫长的封建社会中是一直存在的。

（三）侧面为实，正面为虚

文学创作上的虚实相生，还有一种表现形式，即以侧面描写为主、正面描写为辅。我们知道，在正常的、常见的文学创作中，描写人物形象是以正面描写为主，侧面描写为辅，以实现对人物形象的全面刻画。这一手法是文学创作中人物形象塑造的基本途径之一。但是在文学创作中，对要描写的人物形象很少进行正面描写而更多运用侧面描写的方式来实现的则属异类，充满了奇幻的魅力，这属于另外一种形式的虚实相生。

《聊斋志异》中就有极个别篇章采用侧面描写为主、正面描写为辅的虚实相生的写作技巧，比如《宦娘》《马介甫》。

《宦娘》小说开篇，讲的是温如春学琴的故事：

> 温如春，秦之世家也。少癖嗜琴，虽逆旅未尝暂舍。客晋，经由古寺，系马门外，暂憩止。入则有布衲道人，趺坐廊间，筇杖倚壁，花布囊琴。温触所好，因问：“亦善此也？”道人云：“顾不能工，愿就善者学之耳。”遂脱囊授温，视之，纹理佳妙，略一勾拨，清越异常。喜为抚一短曲。道人微笑，似未许可。温乃竭尽所长。道人哂曰：“亦佳，亦佳！但未足为贫道师也。”温以其言夸，转请之。道人接置膝上，才拨动，觉和风自来；又顷之，百鸟群集，庭树为满。温惊极，拜请受业。道人三复之。温侧耳倾心，稍稍会其节奏。道人试使弹，点正疏节，曰：“此尘间已无对矣。”温由是精心刻画，遂称绝技。

温如春是个琴痴，巧遇比自己更甚的道人。经过一番比试，温如春才知道自己遇到的是抚琴界的高人，于是便向道人学习抚琴，“遂成绝技”，达到了凡间没有对手的高妙境界。

后来，温如春在归家途中遭遇暴雨，于狼狈不堪中夜宿一“藉草腐湿，不堪卧处”之地，只好“危坐鼓琴，以消永夜”。在这里，他巧遇宦娘，被宦娘的美貌迷倒，试着向宦娘的姑姑提亲却被拒绝。

接下来，就是温如春与葛良工之间发生的一系列奇怪的故事。一个偶然的机会，温如春接受邀请到名门望族葛良工的父亲葛公府上弹琴，结果把美丽的葛良工迷住了。温如春也倾心葛良工，但因门第悬殊被葛公拒绝了。这时，在后花园中发生了一件奇事，一首香艳相思的《惜余春》词飘然而至，葛良工因为喜欢便抄写了，但抄完后竟不翼而飞，却不想被从其门前走过的父亲捡到，误认为女儿思春之心严重，需要赶快为其找婆家。接下来，又发生了一件奇事，葛公认为门当户对的刘氏公子很般配，却在其座位下面发现了绣花鞋，于是葛公因恶心刘氏公子的行径而不肯把良工嫁给他。第三件奇事，是葛公一直植在女儿闺房中的绿菊竟然神不知、鬼不觉地在温如春的家里开放——温家的菊花竟然有一簇变为绿菊。第四件奇事，温如春同样看到了那首词，因为好奇和缠绵竟用浮浪之词进行了一番评价，并被来确认绿菊的葛公发现。鉴于此，葛公认为女儿葛良工与温如春之间有私情，且已经发展到不堪的地步，于是决定让女儿嫁给温如春——这是一个大团圆的结局。

这一切，其实都是侧面描写。能够把控这一系列奇事的，并不是别人，谜底揭穿，宦娘出场了。温如春发现自己的琴总是在夜里弹起，并且水平和技法有越来越好的趋势。葛良工通过神奇的铜镜，发现了女鬼宦娘。所有奇事，都是宦娘所为，只为促成温如春与葛良工的美好姻缘。宦娘之所以这样做，是因为感激当年夜里温如春的那一次抚琴，还有他向其姑姑提亲。这一部分才是正面描写宦娘。

《宦娘》通过跌宕起伏的侧面描写，让我们感受到了一出如此经典的宦娘报答知遇之恩的故事，读来令人动容。这一故事简直就是先秦时期伯牙和钟子期《高山流水》遇知音的清朝另一版本。

《马介甫》通篇讲述的是杨万石与其妻尹氏之间的故事。故事里一再描述尹氏之悍，不仅对杨万石动辄施以各种刑罚，还导致杨万石兄弟的死亡，还因杨万石小妾怀孕没有事先告知她而折磨杨万石小妾。最重要的，尹氏之悍还表现在对杨万石父亲的虐待上：不给够他吃食，让他干下人做的活，穿的也是难以启齿。并且，兄弟俩不得暗地给老头子饭食。故事里，马介甫只是从中穿插几次而已。因为题目叫《马介甫》，就蒲松龄来说，其目的肯定是为了描写马介甫这一形象的。也可以这么说，在这篇小说中，作者侧面描写的这一系列杨万石与其妻尹氏之间的故事是为描写马介甫服务的。再读小说，我们知道，马介甫几次穿插出现，都是为了惩戒尹氏之悍，为了帮助杨万石树立起其男子汉的气概。

小说的这一写法，亦属于虚实相生的技法，借助马介甫在杨万石夫妻事情上的处理，特别是就惩治尹氏之悍这一方面，做出了一系列努力并成功让尹氏余生如千刀万剐、生不如死。在作者看来，他所描写的马介甫这一形象是正义的化身，是弱小受欺侮者的保护神，也是惩治恶势力的代表。

另外，在《聊斋志异》中还有一种较为特殊的以侧面描写为主、正面描写为辅的形式。这里的侧面描写还是主要刻画这一人物形象的所作所为，只是这一人物在想象的、虚拟的空间中所作。而其现实生活中的所作所为则被看作是正面描写。在笔者的认定里，这也属于此类虚实相生技法中的例子。

《聊斋志异》中有一篇比较有名的小说叫《画壁》。故事讲的是江西孟龙潭与朱孝廉作客都中的一件事情。两人偶然进入了一个寺庙，朱孝廉被志公殿两边墙壁上的仙女图所吸引：

> 两壁画绘精妙，人物如生。东壁画散花天女，内一垂髫者，拈花微笑，樱唇欲动，眼波将流。朱注目久，不觉神摇意夺，恍然凝想。

于是，他感觉进入了壁上的画中，甚至恍惚中先后分别与两个仙女“狎好”，“渐入猥亵”，并遭遇“忽闻吉莫靴铿铿甚厉，缧锁锵然；旋有纷嚣腾辨之声”，来寻找他这个作案者，而他只好藏匿在床底下大气不敢出。蒲松龄在文末的“异史氏曰”中，对朱孝廉由具象到抽象的心态给予了这样的评价：“幻由人生，此言类有道者。人有淫心，是生亵境；人有亵心，是生怖境。菩萨点化愚蒙，千幻并作。皆人心所自动耳。”在这个故事里，作者成功运用了现实具象生活与抽象的画中生活相结合，完成了写作当中的一种特殊的虚实相生的意境营造法，使得故事摇曳生姿，充满了别样的意趣。

在小说故事的意境营造过程中，蒲松龄灵活并巧妙地运用各种形式的虚实相生，使得聊斋故事充满了各不相同的意趣。采用此种技法的篇章，不止于文中的举例，《聊斋志异》中的大多数篇章几乎都运用到了此种技法。

第三节 用传奇以志怪

一、关于用传奇以志怪

从篇幅上来说，《聊斋志异》中的短篇小说基本上可以分为两类：一类特别短，只有一个梗概，相当于现在的微型小说；另一类比较长一点，故事曲折，描写较为详细，但笔墨仍然是比较简明的，属于短篇小说的范畴。纪晓岚评价《聊斋志异》时这样说：“有唐人传奇之详，又杂以六朝志怪者之简，既非自叙之文，而尽描写之致。”①接下来，纪晓岚把《聊斋志异》评价为“一书兼二体”似乎又有了贬义的成分。鲁迅在其《中国小说史略》中对于《聊斋志异》有这样表述：

> 《聊斋志异》虽亦如当时同类之书，不外记神仙狐鬼精魅故事，然描写委曲，叙次井然，用传奇法，而以志怪，变幻之状，如在目前；又或易调改弦，别叙畸人异行，出于幻域，顿入人间；偶述琐闻，亦多简洁，故读者耳目，为之一新。明末志怪群书，大抵简略，又多荒诞不情；《聊斋志异》独于详尽之处，示以平常，使花妖狐魅，多是人情，和易可亲，忘为异类，而又偶见鹘突，知复非人。②

这就是人们常说的“用传奇法，而以志怪”。鲁迅这里也认为聊斋小说兼传奇和志怪两种文体，但没有贬义，甚至认为蒲松龄能用此法驾轻就熟地完成这部小说集的写作，技艺实在高超。

在这里，我们要特别谈一下传奇和志怪。传奇，是唐宋时代对小说的另外一个称呼。仔细阅读那一时期的传奇小说，不难看出称之为传奇的本意。简单来说，就是以史家笔法传奇闻异事。唐时期的传奇其实是前期史传文章的后续，诸如《左传》《史记》《汉书》等均属史传文。传奇故事还有一个特点，就是情节曲折迂回，篇幅较长，讲述的故事主人公不是重要的历史人物而是一些普通人。在这一点上，与先秦及以后的“史传”之“传”的都是著名历史人物不一样，但在记述人物经历故事的方式方法上则是一致的。关于志怪，是魏晋南北朝时期产生的笔记小说，与志人小说并列。就是“记述奇怪的人或事”，其特点是简洁、明了、传神。基于此，传奇、志怪两种文体都是在中国的历史长河中成长起来的，具有鲜明的中国特色。

《聊斋志异》把极具中国特色的传奇和志怪手法放在一起完成了这一短篇小说集的创作，也即鲁迅所说的“用传奇法，而以志怪”。简言之，《聊斋志异》是用史家笔 4 法记述普通人物经历的一些奇闻异事，且故事情节曲折又简洁传神。当我们翻开《聊斋志异》，读到其中的那些短篇小说，有接近一半篇目的基

---

① 纪昀等：《钦定四库全书总目》，中华书局 1997 年版，第 132 页。

② 鲁迅：《中国小说史略》，中华书局 2010 年版，第 130 页。

本结构都是这样的：某某地方的某某人（或者是作者的某朋友或亲戚认识的某某人），在某天或某晚上，遇到了一件奇怪的事情，云云。要不，就讲是某某人（或者是作者的朋友或亲戚认识的某某人）讲述的他的朋友或亲戚亲历的事情，他是听朋友或亲戚亲自描述的。这样的结构，就是为了让读者读来有一种真实发生的亲切感，显然是史家笔法。在笔者看来，要想让怪事的发生变得可信，很难。因为怪事本身就是一些荒诞不经的事情，在真正的现实生活中真正发生似不可能。此种传奇笔法运用于志怪类题材中，使奇闻异事有了可信度。笔者认为，蒲松龄采用此种手法不仅仅是为了让这些奇闻异事有可信度，还有更重要的，即在当时文字狱盛行、政治高压态势下，他需要借助这些看似荒诞不经的事情表达他对社会历史的真实看法，以达到曲折反映现实的目的。西谚有云：“历史是虚假的，唯有人名是真实的；文学是真实的，唯有人名是虚假的。”历史与文学结合起来理解，也许才能读出历史真实。只是蒲松龄用的这一手法实在隐晦曲折，我们大多人看到的，不过是那些花妖狐魅鬼神怪及书生的爱恨情仇罢了。

蒲松龄的曲意，其实在他的《聊斋自志》里表达得很清楚：

> 披萝带荔，三闾氏感而为《骚》；牛鬼蛇神，长爪郎吟而成癖。自鸣天籁，不择好音，有由然矣。松，落落秋萤之火，魑魅争光；逐逐野马之尘，罔两见笑。才非干宝，雅爱搜神；情类黄州，喜人谈鬼。闻则命笔，遂以成编。久之，四方同人，又以邮筒相寄，因而物以好聚，所积益夥。甚者，人非化外，事或奇于断发之乡；睫在眼前，怪有过于飞头之国。遄飞逸兴，狂固难辞；永托旷怀，痴且不讳。展如之人，得毋向我胡卢耶？然五父衢头，或涉滥听；而三生石上，颇悟前因。放纵之言，或有未可概以人废者。松悬弧时，先大人梦一病瘠瞿昙，偏袒入室，药膏如钱，圆粘乳际，寤而松生，果符墨志。且也，少羸多病，长命不犹。门庭之凄寂，则冷淡如僧；笔墨之耕耘，则萧条似钵。每搔头自念，勿亦面壁人果是吾前身耶？盖有漏根因，未结人天之果；而随风荡堕，竟成藩溷之花。茫茫六道，何可谓无其理哉！独是子夜荧荧，灯昏欲蕊；萧斋瑟瑟，案冷疑冰。集腋为裘，妄续《幽冥》之录；浮白载笔，仅成《孤愤》之书：寄托如此，亦足悲矣。嗟乎！惊霜寒雀，抱树无温；吊月秋虫，偎阑自热。知我者，其在青林黑塞间乎！

在这篇《聊斋自志》中，蒲松龄表达了自己的初衷：想像屈原、李贺一样在作品中表达情绪，想像苏轼一样跟朋友搜集鬼神故事。可是他发现，听来的怪事不如现实更怪异。还联系到自己出生时的小插曲，只为表明他不过是人世间的一名苦行僧，他写的聊斋故事不过是其“孤愤”的例证。关于“知我者，其在青林黑塞间乎”，也许只有故事里的生活在另外世界的花妖狐魅们才能理解他的用心良苦。

这篇《聊斋自志》，让我们了解到才华横溢的蒲松龄真实的内心世界和他对自己现实人生的评价。尽管才华横溢，但在科举的道路上却一路跌跌撞撞，从来没有成功过。他一直生活在社会的最底层，贫贱是其生活的主旋律。这样的现实人生，与其旷世才华形成了鲜明的对比，也就使他有了满腔的孤愤。

我们再看蒲松龄生活的明末清初的社会和文化背景。只为陈圆圆，驻守山海关的明将吴三桂于1644年降清，多尔衮率领清兵入关。清兵进入中原以后，进行了一系列的屠城：1644年5月，清朝睿亲王多尔衮在北直隶三河、昌平、良乡等地进行屠城，5000人被残杀。这是“畿南之屠”。1645年，清军攻破扬州城后对城中平民进行大屠杀。后来由城内僧人收殓的尸体就超过了80万具。当时的幸存者王秀楚所著《扬州十日记》记载，屠杀共持续10日，故名“扬州十日”。1645年的大屠杀还有“嘉定三屠”“昆山之屠”“嘉兴之屠”“江阴八十一日”“常熟之屠”。1646年，有“四川大屠杀”“金华之屠”。1648～1649年，有“南昌之屠”“湘潭之屠”“南雄之屠”“汾州之屠”“大同之屠”。1650年，有“广州大屠杀”。1653年，有“潮州之屠”。在这些屠城事件中，数以百万计的普通百姓死于非命。而这一时期正是蒲松龄的童年和少年时期。满人入主中原，除了进行一系列大屠杀，在精神领域还大兴文字狱。胡奇光《中国文祸史》说：“（清代文字狱）持续时间之长，文网之密，案件之多，打击面之广，罗织罪名之阴毒，手段之狠，都是超越前代的。”[①]何西来为周宗奇《文字狱纪实》所作的序中说：“清代文字狱，主要集中在前期，历顺治、康熙、雍正、乾隆四代君王，绵延一百三十余年。无论就时间之长，案件之多，还是规模之大，株连之广，花样之翻新，手段之残忍来看，在中国的封建时代，都是没有前例的。”[②]其实，两位学者的言论并非危言耸听，而是对清代文字狱真实情况的准确概括和高度总结。有清一代，文字狱案此起彼伏、绵延不绝，几与爱新觉罗氏王朝的历史相始终，案狱数量之多、规模之大、牵连之广、杀戮之血腥，均称空前。

① 胡奇光：《中国文祸史》，上海人民出版社1993年版，第117页。
② 周宗奇：《文字狱纪实》，中国友谊出版公司1993年版，第11页。

基于此，蒲松龄写聊斋故事的曲意晦涩，其“用传奇法，而以志怪”的用意也就显得顺理成章了。《聊斋志异》之志怪，志不在志怪，而在表达这怪事之外的东西。他用这样一些看似无稽之谈的奇怪素材，用近乎史学家的笔触严肃认真且生动形象地描述了他们的故事，着实期望读者能懂得他的良苦用心。

还有一点需要特别指出，在众多篇章的最后，作者经常采用一个较为固定的段落，名为“异史氏曰”。很显然，蒲松龄采用的是司马迁在其《史记》中惯用的“太史公曰”的翻版。我们知道，司马迁写《史记》开创了史学写作的典范，他“不虚美、不隐恶”的“实录精神”深得后世史学家赞颂。在《史记》中，司马迁在篇末的“太史公曰”部分，评论历史人物和历史事件切中肯綮、公正警醒、力度非凡，是不可多得的精彩篇章。蒲松龄在自己的这部表面看似志怪的短篇集中，运用了类似司马迁的“太史公曰”的方式，可见其用心深笃。很显然，他是用史学的严谨态度来描写他笔下的花妖狐魅，或者说，他是用笔下的花妖狐魅来表达其严谨的史学主题。想必，这才是蒲松龄写作《聊斋志异》时内心最想要的结果。

我们知道史传文学还有一个特点，即以人物为中心讲人物的经历。根据笔者的统计，整部《聊斋志异》专以人物名称命名小说的就有 65 篇，诸如《王成》《张诚》《聂政》《郭安》《马介甫》《韩方》《秦桧》《邢子仪》《聂小倩》《毛大福》《王子安》《褚遂良》《公孙夏》《汪士秀》等；以某仙、某神命名的有 17 篇，如《雹神》《鹰虎神》《鄱阳神》《岳神》《青蛙神》《成仙》《苏仙》《上仙》《巩仙》《凤仙》《何仙》《乩仙》《丐仙》等。《聊斋志异》以 494 篇计算，此类史传命名的小说就约占 17%的比例，更何况还有以人物特征命名人物的小说题目若干。

关于志怪，在这里不必多作解释，《聊斋志异》给读者的第一印象就是志怪小说，聊斋故事以讲述奇闻异事而著称。

蒲松龄的“用传奇法，而以志怪”，不仅躲过了清初的文字狱，也让他在虚虚实实下的魔幻现实主义中表达了自己隐藏在文字深处的内心情感。在用传奇来志怪的行为背后，是如屈原、李贺、苏轼一般表达了他深藏内心的孤愤和无奈。

二、用传奇以志怪之例证

我们先来看一篇最接近历史的怪事《野狗》：

于七之乱，杀人如麻。乡民李化龙，自山中窜归。值大兵宵进，恐罹炎昆之祸，急无所匿，僵卧于死人之丛，诈作尸。兵过既尽，未敢遽出。忽见阙头断臂之尸，起立如林。内一尸断首犹连肩上，口中作语曰：“野狗子来，奈何？”群尸参差而应曰：“奈何！”俄顷，蹶然尽倒，遂寂无声。李方惊颤欲起，有一物来，兽首人身，伏啮人首，遍吸其脑。李惧，匿首尸下。物来拨李肩，欲得李首。李力伏，俾不可得。物乃推覆尸而移之，首见。李大惧，手索腰下，得巨石如椀，握之。物俯身欲龁。李骤起，大呼，击其首，中嘴。物嗥如鸱，掩口负痛而奔。吐血道上。就视之，于血中得二齿，中曲而端锐，长四寸余。怀归以示人，皆不知其何物也。

“于七之乱”，是指清顺治年间山东半岛地区于七领导的一次颇具规模的农民起义，自首事至失败，起伏持续达15年之久。于七，名乐吾，字孟熹，行七，山东栖霞县人，明崇祯武举人。他在乡里为人仗义，威望很高。清兵入关后，各地武装纷纷起义，于七带领的军队就是其中的一支。可惜后来他在锯齿山被围，虽英勇反抗，但终寡不敌众。后来于七带着少量仆从突围成功，先是在一人家当佣人，后来看破红尘在华严庵出家当了和尚。在当和尚期间，他颇有威信，70岁被举为方丈，后老死于寺中，现在华严庵的外面还立有于七的雕像。顺治五年(1648)，他领导起义农民占据锯齿山。顺治七年(1650)，攻宁海，杀死登州知州。后清政府笼络招抚，授于七栖霞把总。顺治十八年(1661)，于七不堪压迫，再度起事，以锯齿、昆嵛、鳌、招虎诸山为根据地，活动范围及于栖霞、莱阳、文登、福山、宁海等县。清廷命禁军及山东总督统兵会剿。康熙元年(1662)春，于七溃围逃走。起义失败后，清廷株连兴狱，对该地区人民进行血腥屠杀。关于这一事件，《清史稿》《山东通志》《续登州府志》《栖霞县志》等书均有所记载。《野狗》中所写的“杀人如麻”其实是指清政府的屠城行动，在这里作者并没有明确表示。从行文上看，还以为是于七杀人如麻。这里的野狗，专门食人头，有暗指清政府的屠城策略。那些无头尸竟能群起谈论“野狗子来，奈何”，可见百姓对屠城的反抗和无奈。因此，该故事表面写这个叫李化龙的老百姓在尸体堆里遇到野狗的事，作者真实表达的则是普通老百姓对清政府滥杀无辜的屠城之举的反抗和无奈。

我们再来看另外一篇聊斋故事——《林四娘》。故事讲的还是一件奇事：“青州道陈公宝钥，闽人。夜独坐，有女子搴帏入。”这一美艳的女子，就是林四娘。后来，陈公与其欢好后，了解到她的一些身世：“衡府宫人也。遭难而死，十七年矣。”这里的衡府，即青州衡王府。明宪宗成化二十三年(1487)，皇帝朱见深封其第五子朱祐熚为衡王，孝宗弘治十二年(1499)之藩青州(今山东省益都县)，下传四代，清兵入关后被屠杀。小说中提到林四娘的歌声，“闻其歌者，无不流涕”。在小说结尾处，讲林四娘要再次托生为人，来向陈公告别，小说专门写到了林四娘的临别赠诗：

静镇深宫十七年，谁将故国问青天？
闲看殿宇封乔木，泣望君王化杜鹃。
海国波涛斜夕照，汉家萧鼓静烽烟。
红颜力弱难为厉，惠质心悲只问禅。
日诵菩提千百句，闲看贝叶两三篇。
高唱梨园歌代哭，请君独听亦潸然。

林四娘与陈公的故事看似荒诞不经，好像又是一个人鬼欢好的故事。小说借助林四娘这一女流之辈的歌或诗，想要表达的其实是对明亡的悲哀。人们对明代充满眷恋，从侧面反证了当时的清政府对百姓统治手段的残暴。

还有一篇《王成》，表面看是一个懒散的穷人王成和妻子得到其死去的奶奶的帮助，经商失利又歪打正着的奇怪事情。可就是在这样的故事里，我们知道，这个王成的爷爷即号称其奶奶的女鬼“老妪”的丈夫，是“衡府仪宾”。关于“衡府”，在《林四娘》的故事中已经介绍过，仪宾是“女婿”的意思。也就是说，王成的爷爷、奶奶也是在清兵入关后被杀害了。我们再看，王成得到奶奶的资助去经商，因遇错失良机而亏空遭偷等，阴差阳错地买了鹌鹑；经商失利的他，到最后只剩了一只勇武的鹌鹑，不曾想这只鹌鹑竟替他赚来好多钱，帮他家过上了幸福生活。故事中有一个细节，即他的鹌鹑是“好鹑”的大亲王购得。在清朝的官制中，皇族中封王者称亲王。大亲王，是指亲王中行辈之尊长者。皇族中的亲王长者，竟是个不学无术的喜欢看斗鹌鹑者。读到这里，我们感受到了这个聊斋故事字里行间流淌的讽刺和鄙夷。

在笔者看来，以上所举的细节，是可考证的、较为明显的且有历史事实作为依据的事情。在聊斋故事中，还有更多篇章是那种更为晦涩的、对现实或历史的表达。鲁迅评价《聊斋志异》“用传奇法，而以志怪”，名不虚传。

第六章　《聊斋志异》哲思表达的“中国风”特色

清人冯镇峦曾说：“《聊斋》非独文笔之佳，独有千古，第一议论醇正，准理酌情，毫无可驳，如名儒讲学，如老僧谈禅，如乡曲长者读诵劝世文，观之实有益于身心警戒顽愚。至说到忠孝节义，令人雪涕，令人猛省，更为有关世教之书。”[①]在这段评语里，冯镇峦就《聊斋志异》中的儒教、佛教思想给予读者的重要作用予以肯定并切中肯綮。其实，笔者认为小说中体现的道教思想对读者也有重要作用。在本章中，我们将从儒、释、道三个方面来阐述《聊斋志异》的故事里所表达出来的哲思。

在我国的传统哲学思想中占据主要地位的是儒、佛、道。它们在我国广泛传播过程中既相互独立，又相互融合、吸收和影响，特别是宋明以来，这三种宗教思想已经非常完美地整合并扎根在了每一个中国人的心里，成为我们生活做事所遵循的基本信仰原则，这种浸透甚至使我们处在一种不自知的状态。在我们的为人处世中，会针对各种处境而驾轻就熟地选择一种或几种宗教思想来解决当前困境。到蒲松龄生活的清初时期，三教合流已然成型，并已经渗透进国人生活的方方面面。从这一点来说，我们的哲学信仰与西方人每周要去教堂做礼拜，到基督那里忏悔一下，确实是不一样的。我们更多的是一种深入骨髓的心灵的自觉。

我国的儒教和道教是在中国土生土长起来的，释教（佛教）是从印度传入又逐渐中国化的一种宗教。通过考察我国上下五千年的历史，我们知道，自从先秦时期的鲁国诞生了儒家学说以来，孔子提出了一系列治国主张，再到孟子、荀

① 转引自王连儒：《〈聊斋志异〉之因果报应及宗教辩证》，载《明清小说研究》1992 年第 Z1 期。

子的不断发展和完善，在秦以后历朝历代的统治思想中都非常重视儒教思想的传播和应用，每一时期都有大儒在不断发扬光大儒教教义。正是基于这样的自上而下的重视，所以自汉时起，孔子及其后人一直备受尊崇。我们知道，儒教思想提倡“三纲五常”的人伦规范，认为人生修养的最高境界是“明德”“至善”。对统治者来说，儒家思想是可以利用的维护国家长治久安的理念。至于道教，自先秦时期的老子、庄子把“道”作为宇宙本体、万物规律，提倡天人合一、道法自然，此为诸子百家之道家；真正创立道教团体组织的是汉代的道教天师张道陵。他把道家哲学神化，尊老子为太上老君，以“道”为最高信仰，认为“道”是化生万物的本原。进而借助一些内外修炼之术，以达到得道成仙之目的。至于佛教，汉代传入中国后进行了一系列的中国化改造，进而成为具有中国特色的佛教，其追求静心悟禅，提倡向善，相信因果循环。

这三大宗教哲学体系养育了中华民族，使得古老的中华民族一直到今天依然散发着无穷的魅力，这是无论哪一个西方国家都难以企及的。在儒教思想中，总结起来，其在伦理道德范畴讲仁，在社会政治范畴讲礼，在认识方法论范畴讲中庸。仁，首先是人内心深处的一种真实的状态，其极致是真和善；由“仁”至“礼”再到“中庸”的儒教准则，最终达到的社会发展高度是“和”，即“和为贵”。在道教思想中，讲顺应自然、悟道、养德，为了达到这一目标，修道之人进行了各种方术的修炼。在佛教思想中，讲“诸恶莫做、众善奉行”、心灵安定，为了让人能够做到善，其核心的因果报应思想便应运而生。儒、释、道三教思想在我国不断深入发展，使得在中国大地上诞生了一代又一代中国文化的集大成者，他们积极进取又为人和善，善于顺应自然规律，又有谦谦君子之风。当然，这是国人所景仰的最高的人生境界，而每一时代实际能达到这一水准者寥寥无几，所以这就变成了每一个中国人的真正的信仰。蒲松龄是清初文坛的佼佼者，仔细研读《聊斋志异》，我们不难发现他的博学多才，并且在不经意间其透过这些短小而又精彩的故事表达了他对中国哲学精神的熟稔和赞颂。

第一节 佛教之因果报应思想

一、关于因果报应思想

印度佛教的业报轮回说是基于“业感缘起”理论而建立起来的具有宗教哲

学意趣的学说，但该理论与佛教的灵魂说相矛盾。东晋时期的释慧远在其《三报论》《明报应论》等著述中，对此进行了全面阐述，并概括提炼其中的人有"三业"（身业、口业、意业）、业有"三报"（现报、生报、后报）、生有"三世"（前世、今世、来世）等观点，作为自己因果报应说的基本框架，并结合中国原有的朴素的因果报应说和灵魂不死的观念，对印度佛教的业报轮回说进行了大力的补充和发展。慧远在其《三报论》中，提出了报应的三种方式，即现报、生报、后报，并强调因果报应是"自然的赏罚"，把因果报应说成是人生的自然规律：

> 是故心以善恶为形声，报以罪福为影响。本以情感，而应自来。岂有幽司，由御失其道也。然则罪福之应，唯其所感，感之而然，故谓之自然。自然者，即我之影响耳。[①]

正是因为佛教的因果报应思想的存在，所以佛教提倡人要一心向善，只有这样的人在后世或来世才有可能有好的结果。劝人向善，不仅可以好人有好报，最关键的是可以维护社会的和谐、稳定和发展。因此，因果轮回的佛教教义在封建时代的中国是值得提倡的，也容易在中国生根发芽并长成参天大树。

讲一个关于白居易学佛法的故事。道林禅师是一位唐朝的高僧。他 9 岁出家，学习《华严经》等佛教经典，21 岁成为比丘。一次，其云游杭州时发现秦望山一棵古树盘根错节、枝繁叶茂，便决定在这棵树上居住和修行，因此被后人称为"鸟巢禅师"。当时，大诗人白居易听闻道林禅师的美名，慕名来访。在问到何谓佛法大义时，白居易本以为禅师会给他讲一番深奥的道理，而鸟巢禅师却只说了八个字："诸恶莫作，众善奉行。"

在大禅师这里，最重要的佛法大义依然是一心向善，结善缘，成善果，所有的善都应该积极努力地去奉行和完成。而对世间一切恶行则都不要去做。这看似简单，做起来却十分困难。日生一善念，日修一善行；一念善，则恶远；一念恶，地狱就在眼前。当然，凡夫俗子要做到一心向善是比较难的，因为其内心欲求太多，只有那些潜心修行、一心向佛的人才有可能达到这样的至高境界。

总之，基于释慧远大师的理论，自然的赏罚带来了因果报应，且有三世报。唯有一心修行、潜心向善，才能实现佛性的境界。一直遵循佛教教义的僧人，生活的身外之物于其根本就是多余的，无足轻重的，其生活则往往是拮据的。苦

① 慧远：《明报应论》，石峻等编：《中国佛教资料选编》第一卷，中华书局 1981 年版，第 90 页。

行僧，便是世俗对僧人的理解。据说，蒲松龄出生时其父就做梦梦见了一个苦行僧来到他们家。正是蒲松龄本身与佛教之间的这种亲近感，使得他在自己的短篇小说集《聊斋志异》中不止一次地提到佛教对人的教化。

二、因果报应思想的例证

《聊斋志异》小说故事中牵涉到因果报应思想的基本占据了整部书的三分之一，可见作者对因果报应思想的关注。小说集中关于因果报应故事的描述，一般有如下几种情况：一种是通过描述佛事来写其所致的因果报应，比如《长青僧》《汤公》；一种是直接描述轮回过程，比如《三生》《某公》；一种是做了坏事在现世改正依然会有好报，比如《聂小倩》《江城》；还有一种是一直做坏事却不思悔改，最终落得凄惨下场，比如《僧孽》《董生》。

（一）在佛事中体现因果

在佛教的传承中，主要依靠僧人做佛事以弘扬佛法，他们日常要做的主要是礼佛和诵经。简单来说，佛事就是学佛的事、弘扬佛法的事，比如讲经说法、每日的功课、坐禅等，还可以是布施、持戒等具体的修行行为。对于佛教徒来说，每日可做的佛事有很多，只要是修习佛法、实践佛法的一切言行举止，都可以算作佛事。做佛事必须要具备十分虔诚的态度和庄严肃穆的心。一个真正的学佛修行者，每天都为自己定好日课，在安静、庄严的时间和地点进行，并且每日坚持不间断。只有这样，佛事才使信徒获得持续的力量。《聊斋志异》中《长清僧》，就讲了一个僧人虔诚做佛事的故事。小说开篇道：

> 长清僧某，道行高洁，年八十余犹健。一日，颠仆不起，寺僧奔救，已圆寂矣。僧不自知死，魂飘去，至河南界。河南有故绅子，率十余骑，按鹰猎兔。马逸，堕毙。魂适相值，翕然而合，遂渐苏。

这个长清僧魂附士绅体后，依然坚持做佛事，“饷以脱粟则食，酒肉则拒。夜独宿，不受妻妾奉”。再后来，干脆前往自己曾经为僧的地方——长清某寺，离开寺庙前，还告诫那些小僧“汝师戒行之僧，所遗手泽，宜恪守，勿俾损坏”。可见，长清僧的魂魄依然是全心全意想着佛事。最后，他干脆离开士绅之家，再次前往长清寺庙，做起了死前一直在做的佛事，家人送去金帛也一概不收。因为对一个修行之人来说，身外之物是多余的，他只收了一件布袍而已，其做佛事的态度则“默然诚笃”。蒲松龄在他的篇末评价里是这样说的：

> 异史氏曰：“人死则魂散，其千里而不散者，性定故耳。予于僧，不异之乎其再生，而异之乎其入纷华靡丽之乡，而能绝人以逃世也。若眼睛一闪，而兰麝熏心，有求死不得者矣，况僧乎哉！”

魂能千里不散，也愿舍弃奢靡之乡，只有真正的虔诚向佛、一心向佛做佛事的人才能达到这样的境界。长清僧就是一个真正的虔心做佛事的佛教徒，他的人生因果轮回也因为他的执着，使得其来生依然一心向佛。

小说《汤公》一开始便讲这个即将死去的辛丑年间的进士汤公魂魄在翻腾：

> 如一善，则心中清净宁帖；一恶，则懊侬烦燥，似油沸鼎中，其难堪之状，口不能肖似之。犹忆七八岁时，曾探雀雏而毙之，只此一事，心头热血潮涌，食顷方过。

意思是回忆到曾经做的善事，就感觉心神舒爽；回忆到曾做的恶事，就烦躁受煎熬。特别是七八岁时做的那件恶事——弄死“雀雏”，让其魂魄难受至极。再后来，魂遇巨人魔鬼，不断“宣佛号”才逃过劫难。其后，先是拜见孔圣人，又拜见帝君，帝君告诉他：“汝心诚正，宜复有生理。但皮囊腐矣，非菩萨莫能为力。”正是因为其一生做善行佛事，可复生，只是需要请菩萨施法力让其皮囊再生。接下来，小说中描述的菩萨的佛事及其后来的结果相当惊艳：

> 菩萨即如所请，手断柳枝，倾瓶中水，合净土为泥，拍附公体。使童子携送灵所，推而合之。棺中呻动，家人骇然集。扶而出之，霍然病已。计气绝已断七矣。

菩萨做佛事的行为，形象细腻生动，这些行为拯救了曾经虔诚向善的汤公，使他死而复生。正是基于这样的认识，读者对僧人或菩萨的佛事也就更心存敬畏，进而拓展到普通人，只要作为一个虔诚的佛教徒进行各种礼佛活动，都应该心存敬畏。这对净化、洗涤人的心灵，促人向善，都有一定的作用。

（二）轮回过程的描述

从蒲松龄的出生起，家人就以为他是由一个僧人转世而来。可见，在其家庭影响中，佛教的因果轮回对他的影响很大。在《聊斋志异》中，《三生》就讲述了一个人的因果轮回过程：

刘孝廉，能记前身事。与先文贲兄为同年，尝历历言之。一世为搢绅，行多玷。六十二岁而没。初见冥王，待以乡先生礼，赐坐，饮以茶。觑冥王盏中，茶色清澈；己盏中浊如醪。暗疑迷魂汤得勿此耶？乘冥王他顾，以盏就案角泻之，伪为尽者。俄顷，稽前生恶录；怒，命群鬼捽下，罚作马。即有厉鬼絷去。行至一家，门限甚高，不可逾。方趑趄间，鬼力楚之，痛甚而蹶。自顾，则身已在枥下矣。但闻人曰：“骊马生驹矣，牡也。”心甚明了，但不能言。觉大馁，不得已，就牝马求乳。逾四五年，体修伟。甚畏挞楚，见鞭则惧而逸。主人骑，必覆障泥，缓辔徐徐，犹不甚苦；惟奴仆圉人，不加鞯装以行，两踝夹击，痛彻心腑。于是愤甚，三日不食，遂死。至冥司，冥王查其罚限未满，责其规避，剥其皮革，罚为犬。意懊丧，不欲行。群鬼乱挞之，痛极而窜于野。自念不如死，愤投绝壁，颠莫能起。自顾，则身伏窦中，牝犬舐而腓字之，乃知身已复生于人世矣。稍长，见便液，亦知秽；然嗅之而香，但立念不食耳。为犬经年，常忿欲死，又恐罪其规避。而主人又豢养，不肯戮。乃故啮主人脱股肉。主人怒，杖杀之。冥王鞫状，怒其狂猘，笞数百，俾作蛇。囚于幽室，暗不见天。闷甚，缘壁而上，穴屋而出。自视，则伏身茂草，居然蛇矣。遂矢志不残生类，饥吞木实。积年余，每思自尽不可，害人而死又不可；欲求一善死之策而未得也。一日，卧草中，闻车过，遽出当路；车驰压之，断为两。冥王讶其速至，因蒲伏自剖。冥王以无罪见杀，原之，准其满限复为人，是为刘公。公生而能言，文章书史，过辄成诵。辛酉举孝廉。每劝人：乘马必厚其障泥；股夹之刑，胜于鞭楚也。

异史氏曰：“毛角之俦，乃有王公大人在其中；所以然者，王公大人之内，原未必无毛角者在其中也。故贱者为善，如求花而种其树；贵者为善，如已花而培其本：种者可大，培者可久。不然，且将负盐车，受羁馽，与之为马；不然，且将啖便液，受烹割，与之为犬；又不然，且将披鳞介，葬鹤鹳，与之为蛇。”

小说中描述的这一因果轮回过程相当详细。故事的主人公刘孝廉，第一世是一搢绅，但因胡作非为，二世被罚做马。关于其二世的经历，小说描述得很是详细，先是因绝食而转生为犬，继而因咬人被罚转生为蛇。做蛇后彻底明悟一心向善才会有好的结果和来世，于是一心做一条好蛇，终于在死后才来到了这光明的三世为人。蒲松龄在“异史氏曰”的评论中道出佛教因果报应的真谛，可谓振聋发聩：

故贱者为善，如求花而种其树；贵者为善，如已花而培其本：种者可大，培者可久。

《聊斋志异》的《某公》篇，篇幅虽短，但描写的因果轮回过程却相当细致，甚至还有细节刻画，特别是那些前世作恶之人，来世罚作牲畜时的做法令人瞠目——"皆裸之，于架上取皮被之"。这个某公，因作恶本罚作羊，但因曾救过人改为可复生人的过程相当有趣：

陕右某公，辛丑进士。能记前身。尝言前生为士人，中年而死。死后见冥王判事，鼎铛油镬，一如世传。殿东隅，设数架，上搭猪羊犬马诸皮。簿吏呼名，或罚作马，或罚作猪；皆裸之，于架上取皮被之。俄至公，闻冥王曰："是宜作羊。"鬼取一白羊皮来，捺覆公体。吏白："是曾拯一人死。"王检籍覆视，示曰："免之。恶虽多，此善可赎。"鬼又褫其毛革。革已粘体，不可复动。两鬼捉臂按胸，力脱之，痛苦不可名状；皮片断裂，不得尽净。既脱，近肩处，犹粘羊皮大如掌。公既生，背上有羊毛丛生，剪去复出。

在聊斋故事中清晰、详尽地叙述轮回过程，使得读者对因果轮回有了更清晰的认知，警戒意义也就更为强大，所以有学者认为："《聊斋志异》宣扬因果报应思想，不但目的明确，而且方法得当，从这个意义上讲，《聊斋志异》的因果报应思想，于改造世道人心大有裨益，应该给予相应肯定，不可全盘抹杀。"[①]

（三）坏改好得好报

佛教中有"放下屠刀，立地成佛"的说法，也讲佛普度众生，"苦海无边，回头是岸"。宋代僧人释普济的《五灯会元》第五十三卷、清人文康的《儿女英雄传》、清人纪晓岚的《阅微草堂笔记》中都有"放下屠刀，立地成佛"的提法。元代无名氏所作《度翠柳》第一折亦云："世俗人没来由，争长竞短，你死我活。有呵吃些个，有呵穿些个。苦海无边，回头是岸。"此各种论述都指向佛教思想中对普度众生的执着。佛教教义认为，人人皆有佛性，只要回心转意、痛改前非，就能登上"岸"；只要作恶之人弃恶从善，依然有机会重新做人。也正是基于这样的佛教认识，蒲松龄的《聊斋志异》中，也收有此类故事。并且，这类故事在写作时，费了作者不少心思，情节曲折且摇曳生姿。下面，我们举两例加以说明。

① 蔡相宗：《〈聊斋志异〉因果报应思想的剖析与评判》，载《聊斋志异研究》2004年第3期。

《聂小倩》中的女主人公聂小倩，生前只活到了十八岁，死后葬在浙江金华城北的荒凉古寺旁，不幸被妖怪夜叉胁迫害人。女鬼聂小倩非常漂亮，"仿佛艳绝"。可就是这样的一个姑娘，先是勾引宁采臣，被怼走，却"有兰溪生携一仆来候试，寓于东厢，至夜暴亡。足心有小孔，如锥刺者，细细有血出。俱莫知故。经宿，仆一死，症亦如之"。很显然，这两人皆被聂小倩吸血而死。聂小倩是一个被逼害人的女鬼，正是因为刚正不阿的宁采臣，才有了可以改变现状的转机。她告诉宁采臣自己的害人套路："狎昵我者，隐以锥刺其足，彼即茫若迷，因摄血以供妖饮；又或以金，非金也，乃罗刹鬼骨，留之能截取人心肝。二者凡以投时好耳。"还告诉他，同屋的燕赤霞可以帮他摆脱夜叉谋害。最后，她央求宁采臣帮她脱离夜叉的胁迫："妾堕玄海，求岸不得。郎君义气干云，必能拔生救苦。倘肯囊妾朽骨，归葬安宅，不啻再造。"后来，被宁采臣拯救离开夜叉胁迫之地的聂小倩，"女朝旦朝母，捧匜沃盥，下堂操作，无不曲承母志。黄昏告退，辄过斋头，就烛诵经。觉宁将寝，始惨然去"。她用这样的方式来回报宁采臣拯救自己的大恩情，也按时做佛事。因此，"回头是岸"的聂小倩得到了好的回报：复生为人，嫁给宁采臣，除掉夜叉永绝后患，孩子出息考就功名。

再来讲一个"回头是岸"的例子——《江城》。小说中，女主人公江城是一个美貌的"母老虎"，对待丈夫极尽折磨之能事，辱骂、杖打、揪耳朵、关门外是家常便饭。江城丈夫高蕃的母亲做梦，"夜梦一叟告之曰：'不须忧烦，此是前世因江城原静业和尚所养长生鼠，公子前生为士人，偶游其地，误毙之。今作恶报，不可以人力回也。每早起，虔心诵观音咒一百遍，必当有效。'"原来高蕃遭遇悍妇江城，是因果报应所致。于是母亲天天念经，希望观音菩萨普度众生，为儿子曾经犯下的过错开脱罪责。后来，江城竟然真得变成了贤妇。

（四）做坏事遭报应

在佛教的因果报应理念中，善恶都会有相应的报应，只是时间长短的问题。佛教教义的"业有三报"的说法就告诉人们，善恶的报应不在现世，就在来世，或在后世。我们在俗语中也有这样的表达：善有善报，恶有恶报；不是不报，时候未到；时候一到，一切全报。

《聊斋志异》诸多与因果报应的佛教思想有关的故事中，现世受报和来生受报的故事特别多。比如，《瞳人语》《陆判》等属于现世速报，《僧孽》《董生》《潞令》《酒友》等属于现世受报，《江城》《聂小倩》等则属于来生受报了。当然，以上的列举中，有做好事有报应的，比如《陆判》《酒友》《聂小倩》等；也有做坏事遭报应的，比如《瞳人语》《僧孽》《董生》《潞令》《江城》。接下来我们来看一下这两篇聊斋小说。一篇是《僧孽》，篇幅很短，现录于下：

张姓暴卒，随鬼使去，见冥王。王稽簿，怒鬼使误捉，责令送归。张下，私浼鬼使，求观冥狱。鬼导历九幽，刀山、剑树，一一指点。末至一处，有一僧扎股穿绳而倒悬之，号痛欲绝。近视，则其兄也。张见之惊哀，问：“何罪至此？”鬼曰：“是为僧，广募金钱，悉供淫赌，故罚之。欲脱此厄，须其自忏。”张既苏，疑兄已死。时其兄居兴福寺，因往探之。入门，便闻其号痛声。入室，见疮生股间，脓血崩溃，挂足壁上，宛然冥司倒悬状。骇问其故。曰：“挂之稍可，不则痛彻心腑。”张因告以所见。僧大骇，乃戒荤酒，虔诵经咒。半月寻愈。遂为戒僧。

异史氏曰：“鬼狱渺茫，恶人每以自解；而不知昭昭之祸，即冥冥之罚也。可勿惧哉！”

多行不义必自毙，这一张姓僧人遭遇的，就是所做不义之事带来的报应。

我们再来看《董生》。在笔者看来，这个故事中涉及因果报应的，不是董生，也不是他的好友王生，而是一直千方百计想害他们的那只狐狸。小说中，董生不听医生警告，与一美丽的狐狸“解衣共寝”“月余”，遂变得“羸瘦”“面目益支离”。

医不得已，为之针手灸脐，而赠以药。嘱曰：“如有所遇，力绝之。”董亦自危。既归，女笑要之。怫然曰：“勿复相纠缠，我行且死！”走不顾。女大惭，亦怒曰：“汝尚欲生耶！”至夜，董服药独寝，甫交睫，梦与女交，醒已遗矣。益恐，移寝于内，妻子火守之。梦如故。窥女子已失所在。积数日，董吐血斗余而死。

那个狐狸害完董生，又去害王生，王生“悦其美而私之”，董生在其梦里告诫他，于是他拒绝了狐狸，可是狐狸依然不放过他，王生“家人潜窥香灭，又炷之”，直到狐狸“逡巡下榻，仆地而死”。狐狸的恶报还不止于此，接下来，“犹恐其活，遽呼家人，剥其革而悬焉。王病甚，见狐来曰：‘我诉诸法曹。法曹谓董君见色而动，死当其罪；但咎我不当惑人，追金丹去，复令还生。皮囊何在？’曰：‘家人不知，已脱之矣。’狐惨然曰：‘余杀人多矣，今死已晚；然忍哉君乎！’恨恨而去。王病几危，半年乃瘥”。无论对方怎样拒绝她，狐狸依然我行我素地去害人，最后连其全尸也没有留下。这就是狐狸作恶多端该受的报应和惩罚。

还有《马介甫》中的杨万石之妻尹氏，作恶多端，无论是对待公公、小叔子，还是对待丈夫杨万石，都是极尽凌辱、折磨之能事。最后尹氏得到现世受报——杨万石遭灾只好把她卖给一屠夫，屠夫对其折磨无所不用其极。后来，她又沿街乞讨，可怜至极。

笔者认为，在聊斋故事中作者把因果报应作为一种劝诫人生的题旨来加以宣扬，主要针对的是世间那些对因果报应不重视、不在意的人。在很多时候，作者不惜在文末的“异史氏曰”部分不厌其烦地点明主旨，归根结底是为了让人们真正明白因果报应真实存在，教人避恶趋善。

王骧陆居士说：“凡夫愚鲁，不明因果，只怕果，不怕因，以因不可见，果则在眼前也。因果易入而难逃，人每轻忽之。二乘怕因，不肯造因，是亦怕果也。菩萨则不昧因果，佛则了了因果，既有前因，今必有果，不受而受之可耳，无所谓顺逆也。”[①]就像人类对大自然的过度破坏一样，我们终究要接受大自然对人类的各种“回赠”。只有一心向善，用最大的善意面对我们所处世界的一切，世界才有可能用同样的善意回报我们。

第二节 道教之方术表达

一、关于道教和方术

很多人以为，在我国的传统哲学思想中，儒教最深入人心，其次是佛教，道教的影响最小。但就笔者的切身观察和感受来说，除了儒教，具有第二影响力的当属道教。很多人对道教的认知，可能都来源于老子和庄子。老子《道德经》尽管只有5000字，哲学思想却极为博大精深，对自然的深刻认识，以及看待问题时的辩证思想实在令人叹为观止。还有庄子的《庄子》，那种浪漫主义的汪洋恣肆、自由奔放、天马行空，有时甚至还会有一些令普通人费解的主张。在许多人看来，道教思想似乎只有这些可以束之高阁的、艰深晦涩的哲学。

其实，道教以教团形式出现源于汉代的道教天师张道陵，此时的道教尊老

① 《王骧陆居士全集》，中国藏学出版社1993年版，第361页。

子为太上老君，这是与先秦诸子百家之道家的关联。在道教思想中，自然界能够衍生万物，其本源是"道"。寻找"道"的道路上不断修炼，便可以得道成仙、长生不死、济世救人。道士的自身修行就是方术，包括内丹、外丹、服食、房中等内容。外丹是烧炼丹砂、铅、汞等矿物以及药物，制作能够使人长生不老的丹丸。比如，在《西游记》中有个情节，孙悟空被太上老君放进了自己的八卦炼丹炉，非但没有熔化，还炼就了一副火眼金睛，就属于道教的炼丹术范畴。不过，因为丹药常常有毒，所以这种服食丹药的方法具有一定的危险性。因此，更多的道教修炼人士选择内丹修炼形式。内丹是指通过行气、导引、呼吸吐纳，在身体里炼丹以达到长生不老的目的。今天看来，内丹修炼与今天的气功有些相似。此外，道教还有许多方术，诸如内观、守静、存思、辟谷等多种。反思一下，直到今天，我们依然在使用道教的这些手段以达到令自己身体健康的目的，这与目前讲的中医辟谷等方式是一致的。其实外丹寻找的所谓仙药，后来发展成为我们今天的中药；内丹修炼所用各种招式后来发展成为我们今天的各种中医手段。还有，中华武术的缘起也是道教理论中方术的另外一个走向。另外，道教的宗教活动十分庞杂，除了前面我们提的道士的自身修行外，还有众多的道教仪式，内容包括道教经法、忏法、斋、醮、符咒、禁咒、隐遁、乘跻、驱邪、伏魔、降妖、消灾、祈禳、房中术、神仙术、辟谷、风水堪舆、占卜等，这些也都称为"方术"。其实，我们众多传统节日的各种习俗活动，大都从各种道教仪式中演化而来。

关于"方术"一词，最早见诸《史记・秦始皇本纪》，秦始皇统一六国后要召集"文学方术士"（即"文学士"和"方术士"的并称），"欲以兴太平，方士欲练以求奇药"。《汉书・淮南王刘安传》也有："招致宾客方术之士数十人……言神仙黄白之术。"到《后汉书・方术列传》对方术有了明确界定。所谓"方术士"，就包括擅长"数术"的"侯星气"者，即原始的天象学与占卜结合的方术。此时的方术是在自然崇拜的基础上整合巫术、蓍筮而成，最初是源于宇宙广博浩瀚而生命却短暂易逝。古人对宇宙和人生的控制欲、恐惧感和神秘感，是方术发展的重要社会需求动力之一。张道陵的道教教团兴起后，方术逐渐与道教思想融合在一起，成为道教徒寻求得道成仙、驱妖伏魔、治病救人的修炼方法。在后来的很长一段时间中，方术与医术、方士与医师基本是混为一谈的。《汉书・艺文志》中列"方技略"，将关于医学的医经、医方与关于养生、长生的房中术、神仙术并列，称“方技者，皆生生之具”①。《艺文志》中，有医经 7 家，216 卷；经方 11 家，274 卷。班固直接表明：“医经者，原人血脉经络骨髓阴阳表里，以起百病之本，死生之分，而用度箴古汤火所施，调白药齐和之所宜。”关于经方班固是这样表达的：“经方者，本草古之寒温，量疾病之浅深，假药味之滋，因气感之宜，辨五苦六辛，致水火之齐，以通闭解结，反之平平。”这些混淆医学与方术、医师与方士的记述，充分说明在我国漫长的历史中，中医逐渐从众多较为科学的方术中发展而来，成就了今天的模样。古代的方术家与医家确实没有截然分开，比如扁鹊、华伦、孙思邈等人既是著名医家，也是方术士，就是明证。

综上，道家思想是道教的理论来源，道教在提倡道家思想的顺应自然以追求“道”这一至高境界过程中，其结合早年的方仙道衍生了诸多方术。无论是道教人士的各种方术修炼，还是他们做的各种道教仪式的方术，其实都是希望达到与自然对话、与自然和解的“道法自然”的境界。

二、《聊斋志异》中的方术

(一)方术形式的多样化

根据前文的介绍，我们知道，道教的方术有多种形式。《聊斋志异》中有一篇小说《焦螟》，就描写到了几种道教仪式的方术：

> 董侍读默庵家，为狐所扰，瓦砾砖石，忽如雹落，家人相率奔匿，待其间歇，乃敢出操作。公患之，假怍庭孙司马第移避之。而狐扰犹故。一日，朝中待漏，适言其异。大臣或言：“关东道士焦螟，居内城，总持敕勒之术，颇有效。”公造庐而请之。道士朱书符，使归黏壁上。狐竟不惧，抛掷有加焉。公复告道士。道士怒，亲诣公家，筑坛作法。俄见一巨狐，伏坛下。家人受虐已久，衔恨綦深，一婢近击之。婢忽仆地气绝。道士曰：“此物猖獗，我尚不能遽服之，女子何轻犯尔尔。”既而曰：“可借鞫狐词亦得。”戟指咒移时，婢忽起，长跪。道士诘其里居。婢作狐言：“我西域产，入都者一十八辈。”道士曰：“辇毂下，何容尔辈久居？可速去！”狐不答。道士击案怒曰：“汝欲梗吾令耶？再若迁延，法不汝宥！”狐乃蹙怖作色，愿谨奉教。道士又速之。婢又仆绝，良久始甦。俄见白块四五团，滚滚如毬，附檐际而行，次第追逐，

① 《二十五史》，上海古籍出版社、上海书店 1986 年版，第 534 页。

顷刻俱去。由是遂安。

小说中，这个关东道士焦螟，先是采用符咒却没起作用，继而改用“筑坛作法”以降妖伏魔。结果，在这一过程中还遇到一个小插曲，董侍读的婢女因气愤而打作妖的狐狸致“气绝”。在焦螟的引导下，又来了一出狐妖附体的说辞。这种做法直到今天在民间的道教仪式中依然还能看到。另外，还请关注这个道士的名字——焦螟。焦螟，传说中一种极小的虫子。《晏子春秋·外篇下十四》：“东海有虫，巢于蟁睫再乳再飞，而蟁不为惊……东海渔者命曰焦冥。”《列子·汤问》：“江浦之间生么虫，其名曰焦螟。群飞而集于蚊睫，弗相触也；栖宿去来，蚊弗觉也。”晋代的葛洪《抱朴子·逸民》：“犹焦螟之笑云鹏，朝菌之怪大椿。”根据这些典籍中所表达的，焦螟都是指那种极小的虫子。从道士的这一取名，我们可以猜测，此道士的方术应该在虫精里面算是佼佼者，所以他的符咒对庞然大物的狐狸不起什么作用。后来，通过“筑坛作法”和恐吓终于使得这只狐狸不再祸害董侍读一家。

聊斋小说中，还有一篇《种梨》，也讲述了方术的精妙。小说中讲一个乡人在集市上卖梨，价格很高，一道士想求个梨吃。乡人不仅不施舍给道士，还对其“斥骂”，有人劝说也无济于事。最后，还是一做好事者帮道士买了一个梨。接下来，道士的方术在围观者不知情的情况下上演了一出好戏：

> 于是掬梨大啖。且尽，把核于手，解肩上镵，坎地深数寸，纳之而覆以土。向市人索汤沃灌。好事者于临路店索得沸渖，道士接浸坎处。万目攒视，见有勾萌出，渐大；俄成树，枝叶扶苏；倏而花，倏而实，硕大芳馥，累累满树。道士乃即树头摘赐观者，顷刻向尽。已，乃以镵伐树，丁丁良久，乃断；带叶荷肩头，从容徐步而去。

道士走后，那乡人再回头看自己的梨子，已经都没了。原来，道士的这一方术，竟让其筐里的梨子变成了树上那些梨子，被众人分吃了。

关于聊斋小说中描述的各种方术，淄博师范高等专科学校的李学良博士做过一些研究。他与李锋教授合作的《〈聊斋志异〉中〈瞳人语〉篇的方术文化背景刍议》就提到：“‘辙土致盲’的细节暗合本草药性及咒禁方术；‘持诵光明经’的本质则是佛教的经忏方术；‘瞳人出游’暗合道教上清派的‘存神’方术；‘旋螺’

的细节则暗合了符箓方术；还有‘重瞳’等几处细节描写与医学真实相吻合。”①李学良博士与王光福教授合作的《〈聊斋志异〉中〈画皮〉篇的“方术原型”推定》中指出：“构成‘画皮’故事的三个事件里，‘厉鬼画皮变身美女’事件与‘不净观’方术相吻合，‘王生速死’事件与‘不净观’方术的副作用相吻合；‘浓痰救命’事件与旨在消除不净观副作用的‘秽迹法’方术相吻合。”②接着，李博士对小说《画皮》作出了如下推定：“‘画皮’就是对佛教‘不净观’方术、‘不净观’的副作用、消除不净观副作用的‘秽迹法’方术的隐喻性表述。王生首先沉迷于美色，然后通过‘不净观’看破美色的不净本质；不料因修习‘不净观’的副作用导致了早亡；最终通过‘秽迹法’消除了不净观的副作用而重获新生。”③

（二）修炼方术需专注

道家思想讲究顺应自然，从自然中找到“道”的本源。所谓“道生一，一生二，二生三，三生万物”。“道”是万物的本源，人类只有在大自然中才有可能找到“道”。因此，道教理念中修炼方术，都是在深山中进行，并且这样的做法也容易逃离繁杂的人类社会，进行全身心的修炼。据说唐朝的李白也曾经入深山访仙求道过，甚至修炼出了可以听懂鸟语的方术。

我们来欣赏一篇带有极强的道教思想和方术修炼方式的聊斋小说《龁石》，全文如下：

> 新城王钦文太翁家，有圉人王姓，幼入劳山学道。久之，不火食，惟啖松子及白石，遍体生毛。既数年，念母老归里，渐复火食，犹啖石如故。向日视之，即知石之甘苦酸咸，如啖芋然。母死，复入山，今又十七八年矣。

故事中的王姓仆人，其修炼方专注且执着，即使因为照顾老去的母亲也不忘修炼方术，且母死后继续进山修炼。这里的王钦文，是清朝文坛领袖、“神韵说”创始人王渔洋的父亲。关于他们家的这个养马人的故事，王渔洋在《池北偶谈·谈艺》卷二十《·啖石》中也有过描述：“予家佣人王嘉禄者，少居劳山中。独坐数年，遂绝烟火，惟啖石为饭，渴即饮溪涧中水，遍身毛生寸许。后以母老归家，渐火食，毛遂脱落。然时时以石为饭，每取一石，映日视之，即知其味甘咸辛苦。

① 李学良、李峰：《〈聊斋志异〉中〈瞳人语〉篇的方术文化背景刍议》，载《蒲松龄研究》2016 年第 4 期。
② 李学良、王光福：《〈聊斋志异〉中〈画皮〉篇的“方术原型”推定》，载《蒲松龄研究》2017 年第 3 期。
③ 李学良、王光福：《〈聊斋志异〉中〈画皮〉篇的“方术原型”推定》，载《蒲松龄研究》2017 年第 3 期。

后母终，不知所住。”[1]可见这一事件的真实性。这两个叙述基本一致，在描写上大同小异，我们也可以确认这个王姓仆人曾去劳山学道。关于劳山，即山东青岛的崂山，是一座道教名山。自春秋战国至秦汉时期，就有方士、巫师在崂山餐霞修炼，唐、宋两代崂山道教肇兴，元、明两代达到鼎盛，至清代依然不衰。特别是明代达到鼎盛时期，有“九宫八观七十二庵”之繁荣，使崂山成为道教全真天下第二丛林。正是源于崂山独有的道教文化，所以那些想学道修炼方术的人，一定将此处作为最佳的学道之地。所以，在《劳山道士》一文中也有人到崂山向师傅学习修炼方术。

正是基于这样的文化背景，山东新城王渔洋父亲家中的这个王姓仆人学道目的地也是青岛崂山。他修炼的方术是龁石，并且非常专注和执着。不仅学道数年不回家，且因母归家后也不间断自己的修炼之路，母死后便又赴深山修炼去了。在这个王姓仆人的身上，我们也能看出道教修炼的精髓：远离人间，置身大自然，与大自然融为一体，坚持不间断修炼。

《聊斋志异》的《劳山道士》篇，也讲述了一个修炼方术的高人：

> 师乃剪纸如镜，粘壁间。俄顷，月明辉室，光鉴毫芒。诸门人环听奔走。一客曰：“良宵胜乐，不可不同。”乃于案上取壶酒，分赉诸徒，且嘱尽醉。王自思：七八人，壶酒何能遍给？遂各觅盎盂，竞饮先釂，惟恐樽尽；而往复挹注，竟不少减。心奇之。俄一客曰：“蒙赐月明之照，乃尔寂饮。何不呼嫦娥来？”乃以箸掷月中。见一美人，自光中出。初不盈尺；至地，遂与人等。纤腰秀项，翩翩作“霓裳舞”。已而歌曰：“仙仙乎，而还乎，而幽我于广寒乎！”其声清越，烈如箫管。歌毕，盘旋而起，跃登几上，惊顾之间，已复为箸。三人大笑。又一客曰：“今宵最乐，然不胜酒力矣。其饯我于月宫可乎？”三人移席，渐入月中。众视三人，坐月中饮，须眉毕见，如影之在镜中。

这一道士的奇异方术有如下几点：剪纸如镜，成了天上的月亮；月下饮酒，酒器里面的酒竟取之不尽；拿筷子投掷到画的月亮中，竟能邀请嫦娥来跳舞唱歌；甚至几个人坐在月亮之上饮酒。这一系列的方术展示开来，让参与者如坠仙境，道士仿佛就是仙人了。因此，在中国的传统文化中，人们常常认为那些修炼出方术的道士为仙人，所谓“得道成仙”就是来源于此。当然要修炼成此仙术，并

---

① 王士禛：《池北偶谈·谈艺》卷二十《啖石》，齐鲁书社 2007 年版，第 399 页。

不是一朝一夕的事情，要经历许多磨炼，要始终如一地坚持修炼。

小说中这个颇有点家底的王生，想向这一崂山道士学习修炼方术。道士的一个要求就是得有吃苦精神，于是先训练其到山中砍柴。两三个月后，王生真忍耐不住了，想向师傅请教一术就下山。修炼方术需要坚持并专注，王生不能坚持，无法修炼成功。临离开前，他请求师傅教其穿墙术。

> 乃传以诀，令自咒毕，呼曰：“入之！”王面墙不敢入。又曰：“试入之。”王果从容入，及墙而阻。道士曰：“俯首骤入，勿逡巡！”王果去墙数步，奔而入；及墙，虚若无物；回视，果在墙外矣。大喜，入谢。道士曰：“归宜洁持，否则不验。”

这一修炼过程，有口诀和咒语都是方术的必备，还应该专注、心无旁骛。王生第一次不能穿墙就是因为心中有杂念，把墙当成了墙。第二次专注于穿墙，心中已无杂念，于是穿墙成功。道士对王生还有劝诫，必须“洁持”，即以纯洁之心才能葆其方术。

从《劳山道士》的故事中，我们可以领略到在中国的道教文化中，要想修炼出方术，需要经过长时间的磨炼，且要葆有一颗纯净、专注而坚持的心。

（三）用方术帮助人脱离苦难

道士经过千辛万苦的洁心修炼，最后得道成仙。于是，这些道士常常会开启云游四方之路，用其掌握的方术助人脱离苦难。比如聊斋小说《画皮》中，就讲过道士用方术为人们做好事。王生被画皮女鬼纠缠而不自知，被一道士点破“君身邪气萦绕”，很遗憾王生并未觉悟。后来，王生真发现画皮女鬼后请道士施道术，道士不忍杀生，“曰：‘请遣除之。此物亦良苦，甫能觅代者，予亦不忍伤其生。’乃以蝇拂授生，令挂寝门”。只是想让女鬼知难而退。谁知，女鬼竟气愤地将蝇拂“碎之”，并进屋挖走了王生的心。后来在王生妻子陈氏的请求下，道士施方术将画皮鬼绳之以法：

> 仗木剑，立庭心，呼曰：“孽魅！偿我拂子来！”妪在室，惶遽无色，出门欲遁。道士逐击之。妪仆，人皮划然而脱；化为厉鬼，卧嗥如猪。道士以木剑枭其首；身变作浓烟，匝地作堆。道士出一葫芦，拔其塞，置烟中，飗飗然如口吸气，瞬息烟尽。道士塞口入囊。共视人皮，眉目手足，无不备具。道士卷之，如卷画轴声，亦囊之，乃别欲去。

道士就是用自己精良的方术，除暴安良，为民除害。后来，陈氏请求道士救其鬼迷心窍且被挖走心的丈夫。于是，在道士的指引下找到了另一方术更高者——一个疯癫乞丐，陈氏吃了那个脏到鼻涕三尺长的疯癫乞丐的一口痰，然后吐在王生的肚子里变为心脏，才把王生救活。笔者认为，这是方术在起作用。

还有《马介甫》中掌握方术的马介甫，施用了几个方术来帮助杨万石教训其悍妇尹氏。先是施法术，"妇即反奔，若被鬼逐。裤履俱脱，足缠萦绕于道上；徒跣而归，面色灰死"。接着，变巨人去恐吓、折磨尹氏：

> 有巨人入，影蔽一室，狰狞如鬼。俄又有数人入，各执利刃。妇骇绝欲号，巨人以刀刺颈，曰："号便杀却！"妇急以金帛赎命。巨人曰："我冥曹使者，不要钱，但取悍妇心耳！"妇益惧，自投败颡。巨人乃以利刃画妇心而数之曰："如某事，谓可杀否？"即一画。凡一切凶悍之事，责数殆尽，刀画肤革，不啻数十。

后来给杨万石服"丈夫再造散"，使得杨万石像疯了一样用刀割尹氏的大腿肉。这一系列对尹氏的恐吓和惩罚，都是方术在起作用。马介甫希望通过这一系列方术，可以救杨万石于水火，可以让杨万石像个真正的男人一样，在自己的老婆面前立起来。

聊斋故事中还有一篇《鬼哭》，也是用方术帮助人们摆脱困境。不过，这里帮助的不是人类，而是传说中的鬼魅：

> 谢迁之变，宦第皆为贼窟。王学使七襄之宅，盗聚尤众。城破兵入，扫荡群丑，尸填墀，血至充门而流。公入城，扛尸涤血而居。往往白昼见鬼；夜则床下燐飞，墙角鬼哭。一日，王生皞迪，寄宿公家，闻床底小声连呼："皞迪！皞迪！"已而声渐大，曰："我死得苦！"因哭，满庭皆哭。公闻，仗剑而入，大言曰："汝不识我王学院耶？"但闻百声嗤嗤，笑之以鼻。公于是设水陆道场，命释道忏度之。夜抛鬼饭，则见燐火营营，随地皆出。先是，阍人王姓者，疾笃，昏不知人者数日矣。是夕，忽欠伸若醒。妇以食进。王曰："适主人不知何事，施饭于庭，我亦随众啖啜。食已方归，故不饥耳。"由此鬼怪遂绝。岂钹饶钟鼓，焰口瑜伽，果有益耶？
>
> 异史氏曰："邪怪之物，唯德可以已之。当陷城之时，王公势正烜赫，闻声者皆股栗；而鬼且揶揄之。想鬼物逆知其不令终耶？普告天下大人先生：出人面犹不可以吓鬼，愿无出鬼面以吓人也！"

这个故事的历史背景，是满人初入关时，到处镇压百姓反抗而肆意屠杀无辜民众。小说描写的场面触目惊心，死尸遍地、血流成河，冤死的魂灵随处可见。这些冤死的灵魂经常在夜里此起彼伏地哭泣。后来，直到王公请道士在院子里“设水陆道场，命释道忏度之。夜抛鬼饭”，这些冤死的灵魂才从此安歇，不再哭泣。

（四）用道术为自己牟私利

在道教信徒那里，修炼方术不仅需要极强的悟性，而且还需要摒弃诸多人世的杂念。他们修炼方术，是为帮助一些需要帮助的人摆脱生活或经历中人力难以解决的事情。当然，也有用方术为谋一己之利的。一般情况下，诸如此类会让其方术失灵，或者让其得到应有的报应。比如《劳山道士》中那个王生，不耐苦，也不够专注，虽在得道仙人的引导下会了穿墙术，可是其回家后，想在妻子面前显示一下，就失灵了。这就是用心不洁所致。

除此以外，聊斋小说中还有一篇《妖术》也是这种主题：

> 于公者，少任侠，喜拳勇，力能持高壶，作旋风舞。崇祯间，殿试在都，仆疫不起，患之。会市上有善卜者，能决人生死，将代问之。既至，未言。卜者曰：“君莫欲问仆病乎?”公骇应之。曰：“病者无害，君可危。”公乃自卜。卜者起卦，愕然曰：“君三日当死!”公惊诧良久。卜者从容曰：“鄙人有小术，报我十金，当代禳之。”公自念，生死已定，术岂能解。不应而起，欲出。卜者曰：“惜此小费，勿悔勿悔!”爱公者皆为公惧，劝罄橐以哀之。公不听。倏忽至三日，公端坐旅舍，静以觇之，终日无恙。至夜，阖户挑灯，倚剑危坐。一漏向尽，更无死法。意欲就枕，忽闻窗隙窣窣有声。急视之，一小人荷戈入；及地，则高如人。公捉剑起，急击之，飘忽未中。遂遽小，复寻窗隙，意欲遁去。公疾斫之，应手而倒。烛之，则纸人，已腰断矣。公不敢卧，又坐待之。逾时，一物穿窗入，怪狞如鬼。才及地，急击之，断而为两，皆蠕动。恐其复起，又连击之，剑剑皆中，其声不耎。审视，则土偶，片片已碎。于是移坐窗下，目注隙中。久之，闻窗外如牛喘，有物推窗棂，房壁震摇，其势欲倾。公惧覆压，计不如出而斗之，遂剨然脱扃，奔而出。见一巨鬼，高与檐齐；昏月中，见其面黑如煤，眼闪有黄光；上无衣，下无履，手弓而腰矢。公方骇，鬼则弯矣；公以剑拨矢，矢堕；欲击之，则又弯矣。公急跃避，矢贯于壁，战战有声。鬼怒甚，拔佩刀，挥如风，望公力劈。公猱进，刀

中庭石，石立断。公出其股间，削鬼中踝，铿然有声。鬼益怒，吼如雷，转身复剁。公又伏身入；刀落，断公裙。公已及肋下，猛斫之，亦铿然有声，鬼仆而僵。公乱击之，声硬如柝。烛之，则一木偶，高大如人。弓矢尚缠腰际，刻画狰狞；剑击处，皆有血出。公因秉烛待旦。方悟鬼物皆卜人遣之，欲致人于死，以神其术也。次日，遍告交知，与共诣卜所。卜人遥见公，瞥不可见。或曰：“此翳形术也，犬血可破。”公如言，戒备而往。卜人又匿如前。急以犬血沃立处，但见卜人头面，皆为犬血模糊，目灼灼如鬼立。乃执付有司而杀之。

异史氏曰：“尝谓买卜为一痴。世之讲此道而不爽于生死者几人？卜之而爽，犹不卜也。且即明明告我以死期之至，将复如何？况有借人命以神其术者，其可畏不尤甚耶！”

小说中，于公找到的这个“善卜者”，一看就知道其为仆人的疫病而来。可见，此人确实是一个会占卜的人。在本章开始部分介绍方术时，我们就谈到占卜亦属于一项方术。但是，这个占卜者接下来的行为却是为了一己之私利。他断定于公三日当死，并很淡定地说，给他十两金子，就为之祈禳——这是祈求鬼神去除灾难的祭祀，也属于方术的一种。在于公不愿意花钱消灾后，此占卜者为了应验，使用了诸多方术，由纸人、土偶、木偶变成各色鬼怪，前去谋害于公，皆被于公迅疾有力的剑法刺到而毙命。于公三天并未死亡，占卜者的断言不攻而破。后来，于公又找了一些人一起到占卜者住处，想拆穿占卜者为了一己私利故意使用方术追杀他的真实意图，却眼看着他不见了。占卜者用的这一方术是隐形术。关于“翳形”，最早来源于叫此名称的草。

唐段成式《酉阳杂俎·诺皋记下》：“术士多言风狸杖难得于翳形草。”按翳形草故事古无所闻，惟《古小说钩沉》辑《笑林》云：“楚人居贫，读《淮南方》，得‘螳螂伺蝉自鄣叶可以隐形’，遂于树下仰取叶。螳螂执叶伺蝉，以摘之，叶落树下；树下先有落叶，不能复分，别扫取数斗归。一一以叶自鄣，问其妻曰：‘汝见我不？’妻始时恒答言‘见’，经日乃厌倦不堪，绐云：‘不见。’嘿然大喜，赍叶入市，对面取人物，吏遂缚诣县。县受辞，自说本末。官大笑，放而不治。”此虽笑话，然“螳螂伺蝉自鄣叶可以隐形”，固民间之传说。楚人所读《淮南方》，乃《淮南万毕术》。则翳形草者，亦伺蝉叶之比也。又《三宝太监西洋记》卷十一云：“（王明）一手拿着隐身草，一手提着一口刀，悄悄地跑到帖木儿的背后……双手举起刀来，尽着力气，还他一刀。”亦此之类。①

《笑林》里讲的是一则笑话，但关于“翳形”就是隐形确认无疑。同样，隐遁之术也是方术的一种常见形式。因此，从占卜者这一系列行为来看，确实是精通很多种方术。可惜的是，他要利用自己的方术来为自己谋求私利，在对方不同意其建议后竟萌生杀机，实在可恨。最终，占卜者也没有好下场，得到了相应的报应，被押送到衙门处死了。

第三节 儒教之“和为贵”

一、关于“和为贵”

《论语·学而》篇有云“礼之用，和为贵，先王之道斯为美”，意思是礼的作用在于使人的关系变得更加和谐是最重要的，统治天下的王道和谐也是最美的。也就是说，在儒家思想的治国之道里面，孔子讲究的以礼治国的最终目标是实现国家的和谐发展。在中国传统的儒家思想中重视宇宙自然的和谐、人与自然的和谐、人与人之间的和谐以及社会政治的和谐。为了达到这些和谐，其人伦思想规范之“三纲五常”最终实现的目标，就是指向“和”。《中庸》有云“中也者，天下之大本也；和也者，天下之达道也”，《孟子·公孙丑下》云“天时不如地利，地利不如人和”。可以这么说，“和”是一切事物产生和发展的根本条件，“和”是处理人与人、人与自然、人与社会关系的基本准则，此所谓“和为贵”。

《说文解字》注：“和，相应也。从口，禾声。”“和”，就是互相应和，其描绘的是一种和谐图景。直到今天，“和”已经逐渐深化为我们中华文明的精神追求：家庭追求和睦，孝敬父母，友爱兄弟；国家追求和谐，以仁爱之心待人，团结一心；世界追求和平，友好相处，共富共荣。可以这么说，自古至今，儒家思想的治国目标就是实现“和”的最高境界，“和”即天下太平，此亦谓“和为贵”。

蒲松龄是封建时代的一个儒生，并且一直在科举的道路上耕耘。儒家思想不可避免地深植于其心，“和为贵”也会成为蒲松龄做人做事的基本标准。《聊

① 袁珂编著：《中国神话传说词典》，上海辞书出版社1985年版，第506页。

斋志异》中的许多故事都在向读者阐释"和为贵"的儒家思想之妙义。

二、"和为贵"之例证

在本部分，我们将从《聊斋志异》中选择一些典型的小说来分析本小说集中熔铸的中华传统儒家哲学中的最高追求——和为贵。我们把这种"和为贵"的境界分成了以下三个类别。

（一）人与自然万物之和

儒家代表人物荀子说过："万物各得其和以生。"荀子认为，"和"揭示的是宇宙运动的规律，是自然界万事万物之间的最佳境界和终极状态。在这种状态下，自然万物才能生生不息，人与自然万物之间才能和谐共生，这也是儒教思想中天人合一的最美好境界。

随着历史的发展，以及我们对自然界认识的逐渐深入，我们已然意识到人类终将要融入自然，成为和谐自然的一部分，而不是自以为是地运用自己的所谓聪明才智去改造自然。自工业革命以来，人类所依存的自然环境在逐渐恶化。全球工业化更进一步加剧了这一恶化，使得我们赖以生存的自然不堪重负，改变人类的生存思路已成必然。到这一时候，我们再回到中国儒家哲学思想的"和为贵"，追求万物和谐共生的国家治理的最高境界，不得不吁叹中国哲学的博大精深。

蒲松龄作为饱受中国传统哲学思想熏陶的中国清初知识分子，在其《聊斋志异》中，确实在不断地表达着这一思想对社会和谐发展的重要作用。

聊斋小说中，有一篇《蛇人》，描述的大约就是这种人与自然和谐共生的儒教理念。全文录于下：

> 东郡某甲，以弄蛇为业。尝蓄驯蛇二，皆青色：其大者呼之大青，小曰二青。二青额有赤点，尤灵驯，盘旋无不如意。蛇人爱之，异于他蛇。期年，大青死，思补其缺，未暇遑也。一夜，寄宿山寺。既明，启笥，二青亦渺。蛇人怅恨欲死。冥搜亟呼，迄无影兆。然每值丰林茂草，辄纵之去，俾得自适，寻复返；以此故，冀其自至。坐伺之，日既高，亦已绝望，怏怏遂行。出门数武，闻丛薪错楚中，窸窣作响。停趾愕顾，则二青来也。大喜，如获拱璧。息肩路隅，蛇亦顿止。视其后，小蛇从焉。抚之曰："我以汝为逝矣。小侣而所荐耶？"出饵饲之，兼饲小蛇。小蛇虽不去，然瑟缩不敢食。二青

含哺之，宛似主人之让客者。蛇人又饲之，乃食。食已，随二青俱入笥中。荷去教之，旋折辄中规矩，与二青无少异，因名之小青。炫技四方，获利无算。大抵蛇人之弄蛇也，止以二尺为率；大则过重，辄便更易。——缘二青驯，故未遽弃。又二三年，长三尺余，卧则笥为之满，遂决去之。一日，至淄邑东山间，饲以美饵，祝而纵之。既去，顷之复来，蜿蜒笥外。蛇人挥曰：“去之！世无百年不散之筵。从此隐身大谷，必且为神龙，笥中何可以久居也？”蛇乃去。蛇人目送之。已而复返，挥之不去，以首触笥。小青在中，亦震震而动。蛇人悟曰：“得毋欲别小青耶？”乃发笥。小青径出，因与交首吐舌，似相告语。已而委蛇并去。方意小青不返，俄而踽踽独来，竟入笥卧。由此随在物色，迄无佳者。而小青亦渐大，不可弄。后得一头，亦颇驯，然终不如小青良。而小青粗于儿臂矣。先是，二青在山中，樵人多见之。又数年，长数尺，围如盌；渐出逐人，因而行旅相戒，罔敢出其途。一日，蛇人经其处，蛇暴出如风。蛇人大怖而奔。蛇逐益急，回顾已将及矣。而视其首，朱点俨然，始悟为二青。下担呼曰：“二青，二青！”蛇顿止。昂首久之，纵身绕蛇人，如昔弄状。觉其意殊不恶；但躯巨重，不胜其绕。仆地呼祷，乃释之。又以首触笥。蛇人悟其意，开笥出小青。二蛇相见，交缠如饴糖状，久之始开。蛇人乃祝小青：“我久欲与汝别，今有伴矣。”谓二青曰：“原君引之来，可还引之去。更嘱一言：深山不乏食饮，勿扰行人，以犯天谴。”二蛇垂头，似相领受。遽起，大者前，小者后，过处林木为之中分。蛇人竚立望之，不见乃去。自此行人如常，不知其何往也。

异史氏曰：“蛇，蠢然一物耳，乃恋恋有故人之意。且其从谏也如转圜。独怪俨然而人也者，以十年把臂之交，数世蒙恩之主，辄思下井复投石焉；又不然，则药石相投，悍然不顾，且怒而仇焉者，亦羞此蛇也已。”

在这则小说中，蛇人训蛇讲究的是自然和谐，他训练的大青与二青之间也是自然和谐的。大青死后，二青在难过之余竟然又给蛇人引来了小青，并对小青呵护备至，这是受了大青的影响。后来二青长大后不适合继续留在蛇人身边，被蛇人放归山林，这是希望二青回归自然、融入自然。不过，蛇人并未再找到合适的蛇来与小青作伴。结果，蛇人遭遇奇事，一天二青率领许多蛇来追赶他，只为二青想念小青。蛇人把小青放出后，还特别提醒二青千万不要再从深山出来骚扰行人。蛇人这样的思路，其实就是儒教思想中人与自然和谐共处继而达到和谐共生。就这个故事而言，蛇人的所作所为都是建立在人与自然和谐共生基础上的，所以他与这些蛇之间的关系才会如此融洽，二青也才会听取他的叮嘱，“自此行人如常，不知其何往也”，再也不出来让行人感觉不适了。

聊斋小说中还有一篇叫《雹神》的，也是在不经意间表达了儒教思想中人与自然和谐共生的理念：

王公筠苍，莅任楚中。拟登龙虎山谒天师。及湖，甫登舟，即有一人驾小艇来，使舟中人为通。公见之，貌修伟。怀中出天师刺，曰：“闻驺从将临，先遣负弩。”公讶其预知，益神之，诚意而往。天师治具相款。其服役者，衣冠须鬣，多不类常人。前使者亦侍其侧。少间，向天师细语。天师谓公曰：“此先生同乡，不之识耶？”公问之。曰：“此即世所传雹神李左车也。”公愕然改容。天师曰：“适言奉旨雨雹，故告辞耳。”公问：“何处？”曰：“章丘。”公以接壤关切，离席乞免。天师曰：“此上帝玉敕，雹有额数，何能相徇？”公哀不已。天师垂思良久，乃顾而嘱曰：“其多降山谷，勿伤禾稼可也。”又嘱：“贵客在坐，文去勿武。”神出，至庭中，忽足下生烟，氤氲匝地。俄延逾刻，极力腾起，才高于庭树；又起，高于楼阁；霹雳一声，向北飞去，屋宇震动，筵器摆簸。公骇曰：“去乃作雷霆耶！”天师曰：“适戒之，所以迟迟；不然，平地一声，便逝去矣。”公别归，志其月日，遣人问章丘。是日果大雨雹，沟渠皆满，而田中仅数枚焉。

这篇小说讲的是王公路遇雹神的故事。其请求雹神李左车下冰雹时网开一面，结果冰雹最终“多降山谷，勿伤禾稼”。而且，雹神在与人告别时“作雷霆”之态也文雅了许多。当然，任何一个唯物主义者不相信这样的神异之事会发生，但我们从中依然能够感受到古人在这故事中所展现出来的哲学思考。他们企望的是，人与自然互相迁就、和谐相处。在我国自古以来的生存发展中，祭祀天地一直是贯穿始终的，足可见在中国人的内心世界中对人与自然和谐共生的最美好祝愿。

（二）人与人之和

在古文字中，有两个“和”，即“和”与“龢”，两者字音相同、意义相通。汉字简化之前，“和”与“龢”常常通用，二字是互为异体字关系。我们看一下早期出现的“和”——“龢”。“龢”在甲骨文中就已经出现，左边是形旁“龠”，其字形像一排竹管合拼而成的乐器，是笙和箫之类的吹奏乐器。右边为“禾”字，表示读音。这些乐器一齐吹奏，声音悦耳动听，显得很调和、和谐，所以“龢”字的本义是指乐声调和、和谐。“龢”字在春秋以前频频使用，进入战国时期使用频率骤降，文献中渐以“和”代之。《说文解字》将“和”与“龢”分成不同意义的两个字：“和”指声音相应和、和谐地跟着唱或伴奏，这个意思后来读“hè”；“龢”则指调和、和谐。有学者认为，“和”是由“龢”字去掉乐器部分而成的简化字，“和”从口，表示用“口”来演奏乐器或唱歌，右部的“禾”为声旁，表示音读。“和”指声音相应和，这其实已经包含了一个“和谐”的含义，不管是读平声还是读去声，都或多或少地带有一些“和谐”的含义。

基于以上的分析，我们可以知道，“和”还有另外的意思，比如“调和”“和谐”。《荀子·乐论》中称君臣上下一同听音乐为“莫不和敬”，并强调“乐者审一以定和”。荀子这里谈论的“和”，就是一种调和、和谐。从这个角度来说，“和”还包括了“调节社会矛盾、改善人与人之间关系”的意思。在这一字意角度看，“和”又带有了一定的政治教化功能，强调人与人之间关系之调和、和谐。

人与人之间相互融合、互相成全，是一件美好的事情，人情因此而变得温暖，人世也充满了阳光。聊斋小说中有一篇《叶生》，讲的就是这种温暖和谐的人情之美。小说讲淮阳叶生“文章辞赋，冠绝当时”，却科场失意，一直不能考中，因此家境贫寒。后来淮阳新上任县令丁成鹤非常赏识叶生的才华，“使即宫署，受灯火；时赐钱穀恤其家”，可叶生再一次的科考依然是名落孙山。“生嗒丧而归，愧负知己，形销骨立，痴若木偶。公闻，召之来而慰之。生零涕不已。公怜之，相期考满入都，携与俱北。生甚感佩。辞而归，杜门不出。”愧对知己的叶生病了，朋友不仅去安慰他，还与他相约一起入京城。回家后病卧在床的叶生与丁成鹤的知己之交流，令人慨叹。

> 公遗问不绝；而服药百裹，殊罔所效。公适以忤上官免，将解任去。函致生，其略云：“仆东归有日；所以迟迟者，待足下耳。足下朝至，则仆夕发矣。”传之卧榻。生持书啜泣。寄语来使：“疾革难遽瘥，请先发。”使人返白，公不忍去，徐待之。

惺惺相惜之情，令每一个读者都会感动不已。正是基于两人之间关系的和谐美好，才使得死后的叶生念念不忘赴丁成鹤的约定，也就才有了魂随丁生归故里，尽心竭力陪侍其子左右，教育其子成才——“中亚魁”，后“公子又捷南宫，授部中主政。携生赴监，与共晨夕。逾岁，生入北闱，竟领乡荐”。叶生用教育丁成鹤儿子并助其科举成功来报答丁生对他的知遇之恩。在这样的故事里，我们已经分辨不出是叶生付出得更多，还是丁生付出得更多，他们彼此都已经融入了对方的生命之中，成为对方生命中重要的一部分。直到叶生完成了帮助丁生的愿望后回家，才发现自己早已死去。他到丁生家所做的那一切，是其魂魄在硬撑。小说的结尾也很温馨：“公子闻之，涕堕垂膺。即命驾哭诸其室；出橐营丧，葬以孝廉礼。又厚遗其子，为延师教读。言于学使，逾年游泮。”丁成鹤的儿子听说这事后，对叶生后事的安排也非常妥当，又资助了叶生的儿子。这个故事告诉我们的是“和”带给人的最美好的境界。

人与人之间最美好的关系是一种和谐共生，是你中有我、我中有你，在你来我往的纠缠中，和谐地走完一生。聊斋小说中有一篇极短的故事《四十千》：

> 新城王大司马，有主计仆，家称素封。忽梦一人奔入，曰：“汝欠四十千，今宜还矣。”问之，不答，径入内去。既醒，妻产男。知为夙孽，遂以四十千捆置一室，凡儿衣食病药，皆取给焉。过三四岁，视室中钱，仅存七百。适乳姥抱儿至，调笑于侧。因呼之曰：“四十千将尽，汝宜行矣。”言已，儿忽颜色蹙变，项折目张。再抚之，气已绝矣。乃以余资治葬具而瘗之。此可为负欠者戒也。昔有老而无子者，问诸高僧。僧曰：“汝不欠人者，人又不欠汝者，乌得子？”盖生佳儿，所以报我之缘；生顽儿，所以取我之债。生者勿喜，死者勿悲也。

就故事本身来说，属于蹊跷型的怪事。从唯物主义哲学角度来看，这样的事情根本不会发生。但是，这个故事却寓意极为深刻，其表达了一个人生在世的常理：人活在这个世界上，就是用相互的亏欠与报恩而相互牵绊着，这种牵绊也是一种和谐。人生的所有意义，也不过如此。人与人之间的关系，也就在你来我往之中不断地前行着。正是基于这样的关系，才拼接成了人类社会人与人之间的关系网。因此，仔细思考儒家思想中关于“和为贵”的理念，笔者认为真的是达到了哲学的高度和深度，这是人类社会最本质的存在规律。

（三）人自身之和——中庸

“和”的意思，不仅包括人与人之间的融合、调和，还应该包括人自身在身心健康方面的调节平衡。中国古代医学认为，身心健康的本质就是和谐：天人和、心身和、气血和。《灵枢·本藏》曰：

> 是故血和则经脉流行，营复阴阳，筋骨劲强，关节清利矣；卫气和则分

肉解利，皮肤调柔，腠理致密矣；志意和则精神专直，魂魄不散，悔怒不起，五藏不受邪矣；寒温和则六府化谷，风痹不作，经脉通利，肢节得安矣。此人之常平也。

原文中“人之常平”，即健康无病之人。说到底，健康的标准就是一个字——“和”。

在中医领域，“和”要求我们每一个人的自身系统中每一个部分之间也是和谐融洽、各司其职，做事不偏不倚。在笔者看来，“和”的思想运用到一个人的自身之中，最关键的便是做事做人之中庸。这一中庸原则的实施使得人们在内心之中充满了平和之气，更不会过于喜怒哀乐，就像孔子所说的“过犹不及”。只有这样，人们的身体和心灵才可以实现身心健康，了无挂碍。从这个角度来看，一个人为人处世的中庸原则，是一个人实现自身和谐成长的最佳路径。

《聊斋志异》中有一篇《陆判》，主要讲的是朱尔旦与阴曹陆判之间的友情。两人因为共同的性格和爱好而成为好朋友。为了帮助朱尔旦在功名上有所突破，陆判给朱尔旦实施了换心术。后来，还给朱妻换了头。就陆判这一系列举动而言，无论在蒲松龄生活的清初时代还是今天，都属于天方夜谭。笔者关注的并不是这个主体故事，而是小说结尾处的那一个小细节，朱尔旦死去，其魂魄遇见了自己功成名就的儿子。为了教育儿子，他给儿子留下了自己的佩刀，并告诫儿子“佩之当贵”。后来，朱尔旦的儿子“抽刀视之，制极精工，镌字一行，曰：‘胆欲大而心欲小，智欲圆而行欲方。’玮后官至司马。生五子，曰沉，曰潜，曰沕，曰浑，曰深。”佩刀上镌刻的字，很有深意，可以说这是儒家中庸思想最明确的表达：这两方面互相牵扯，有所为有所不为，才可以达到不偏不倚之境界。从朱尔旦的儿子为其子取名上可以看出，他已经深得父亲教诲之意蕴，并把那两句话作为自己的座右铭。一个人生存在人世间，这个告诫可让自己真正进入“和”的境界，对人生来说也便最可贵了。正是基于这样的教诲，朱尔旦的儿子朱玮之后的人生确实达到了显贵的目的。

《聊斋志异》中还有一篇不起眼的小说《王兰》。讲的是王兰因为误死而被鬼引导成仙以后的故事。为了改变家庭的贫困局面，王兰用自己的仙术给别人看病，收取一定的报酬。因为能力神奇，被一无赖贺才盯上了。这无赖贺才贪得无厌，总想不劳而获，最终落得了应有的下场。蒲松龄在这一故事中想要告诉读者的，其实还是一个人做人的中庸原则问题。过分索取，不是什么好事，最终会受到应有的惩罚。

第七章 《聊斋志异》借力“中国风”的海外传播策略

在习总书记提倡“讲好中国故事”的现时代，我们认为《聊斋志异》本身所具有的这些中国特色对世界上不同文化背景的读者来说无疑是最具吸引力的。无论是基于时代的呼唤，还是《聊斋志异》本身所固有的“中国风”优势，还是就文化传播的规律论，我们都应该更仔细认真地谋划《聊斋志异》海外传播的相关事宜。

根据我们的研究，《聊斋志异》之前的海外传播尽管翻译语种较多，但精品并不多，且目的语读者似乎更喜欢按照自己想象的模样来阅读聊斋而不是其本来的模样。这样的传播交流，不能起到更好的文明交流借鉴的作用，当然也就无法实现我们借助《聊斋志异》这一具有广泛世界影响力的中国小说集，达到“讲好中国故事”的目的。《聊斋志异》在日本的翻译和传播有一定的借鉴意义，这与日本民族在与中华文明交流的过程中更喜欢中国文化有关，也与该民族喜欢思考和反思的民族特性有关。“可以说在日本文学家以及普通民众的心目中，似乎均未将《聊斋志异》和蒲松龄当做‘舶来品’，而视之为本民族的文学遗产，他们认真阅读《聊斋志异》，仔细欣赏《聊斋志异》，潜心翻译《聊斋志异》，深入研究《聊斋志异》，努力模仿和改编《聊斋志异》，他们崇尚蒲松龄的创作思路和方法，认可《聊斋志异》的文学体裁和故事趣味，常常以蒲松龄为师，以《聊斋志异》为范本，使《聊斋志异》在日本获得了新的生命力，使它的创作思想和方法得以继承和发扬光大。”[①]因此，现阶段我们应深入挖掘《聊斋志异》的特色优势，借鉴日译本风靡日本的某些有益做法，抓住人们的审美心理，把“中国风”意蕴的介绍和描绘发挥到极致，进而借助《聊斋志异》的海外传播，顺带将中国文化介绍给世界人民。这一做法，不仅可以让世界上不同文化背景的人更了解中国，还可以使之更深入地理解《聊斋志异》的文化内涵，而不仅仅停留在源于猎奇心理的奇异性上。

就目前来看，“地球村”概念越来越强。经过2019年年末就开始的这场新冠肺炎疫情我们发现，在海外真正理解中国人、理解中国文化、理解中国制度的人依然是少数。他们看到的只是表面，他们甚至不能明白，原先停留在他们印象里那个落后、缓慢的民族为什么会在一夜之间带给他们如此的震撼。他们需要更深入地了解魅力无穷的中国人、中国文化、中国制度，只是目前还没有找到一个比较好的媒介。笔者认为，《聊斋志异》可以成为这个媒介。在我们用《聊斋志异》讲述的中国故事里，让世界上更多的人开始认同中国文化、中国人、中国制度，并真切地体会到这一文化的优势所在，进而更愿意去学习我们的文化，并将中国文化融入到他们的文化视野中。

第一节 文本翻译“中国风”

《聊斋志异》的对外传播，要解决的第一项重要问题，就是文本翻译。一直以来，中国文学走向世界之路，更多地卡在了翻译上。成功翻译的背后，不仅需要对文字的理解，更重要的是对文字背后所承载的文化的理解。能够翻译《聊斋志异》的，不仅仅应是目的语国的文化通，更应该是中国通，其才能够灵活出入于两种文字所承载的文化世界。

一、历史上的对外译介

放眼整个中国文学的翻译历史，晚清时期开始出现中外译者合作译介中国文学作品的模式，这一时期的翻译是被动翻译。该模式多体现为“传教士/汉学家＋中国知识分子”，其合译作品多为中国古典作品。这一时期的西方人多是

① 王启元：《世界尊崇〈聊斋志异〉》，载《蒲松龄研究》2015年第2期。

出于希望主动理解中国人的思想文化，以实现其政治或者宗教目的。最著名的例子莫过于英国伦敦会传教士理雅各(James Legge)在传教士如谢扶利、史超活、湛约瀚、麦高温、合信和中国译者黄胜、王韬等人帮助下耗时25年，完成了五大卷的《中国经典》(囊括了中国的"四书五经"等)的英译工作。在这套标志"汉学史上的一个纪元"[①]的儒家经典译丛背后，中国译者黄胜、王韬在帮助其他译者理解汉语方面功不可没。[②] 这种翻译与之前我们第一章中探讨《聊斋志异》的海外传播的那种翻译，都属于被动型，并没有我方主动介绍自己文化作为先导。

民国时期，巨大的社会变迁引发了中国新文化运动和一系列的文学变革。此时海外文学家更加关注中国文学，表现出对异域东方文明的浓厚兴趣。在这个时期，是"外国文学家＋中国知识分子"模式较为盛行，用以合译我国文学作品。20世纪30年代美国诗人威特・宾纳(Witter Bynner)和中国译者江亢虎(1883～1954)合译的《群玉山头》(*The Jade Mountain*)是《唐诗三百首》第一个英文全译本，该作品流行于海外尤其是美国。[③] 值得一提的是，由于这位美国诗人汉语水平十分有限，江氏承担了主要的翻译工作，再交由其进行英文表达润色。因此，宾纳算得上是美国版的林纾。[④] 除了成部的书籍之外，同时代还出现了翻译中国短篇文学作品(多为现代文学，包括短篇或中篇小说、诗歌等)的小高潮。1935年创刊、1941年终刊的上海英文学术期刊《天下月刊》(*T'ien Hsia Monthly*)便是其中一个阵地。该刊以英文翻译和评论两种形式对外译介中国文学经典，对外传播中国文化，刊载的作品包括美国作家项美丽(Emily Hahn)与中国译者邵洵美合译的《边城》、英国诗人哈罗德・艾克顿(Harold Acton)与陈世骧合译的新诗(如卞之琳的《还乡》，邵洵美的《蛇》，李广田的《旅途》《流星》等)、英国诗人朱利安・贝尔(Julian Bell)与中国作家凌叔华合译凌叔华自己的小说(如《疯了的诗人》《写信》等)[⑤]。《天下月刊》创刊后不久就收到了当时英美等国的积极反响，好评如潮，被誉为"民国时期最具学术品味的英文杂志"[⑥]。这一时期的翻译传播，从起初的被动到无意识的主动传播，《天下月刊》的创立就

① 段怀清:《理雅各与儒家经典》，载《孔子研究》2006年第6期。

② 参见袁锦翔:《论中外人士合译——兼谈文献中译外》，载《外语教学与研究》1989年第3期。

③ 参见黄留威:《宾纳诗歌中的中国意象》，载《文学教育》2018年第2期。

④ 参见耿强:《江亢虎与唐诗〈群玉山头〉的译介》，载《东方翻译》2015年第1期。

⑤ 参见黄芳:《中外合译的文化选择——以英文杂志〈天下月刊〉上的现代文学作品英译为例》，载《淮阴师范学院学报》(哲学社会科学版)2014年第3期。

⑥ 彭发胜:《向西方诠释中国〈天下月刊〉研究》，清华大学出版社2016年版，第7页。

属于这种形式的主动，只不过这一主动传播规模较小，属于民间性质。

中华人民共和国成立之后，中外译者合作的案例越来越多，既有民间的，也有官方的。其中最令人瞩目的是中国政治话语的对外传播，自 1950 年中共中央委派俄文翻译师哲（后出任中央编译局第一任局长）与苏联译者费德林合作翻译《矛盾论》《实践论》等毛泽东著作开始，中国官方翻译机构便采取与国外译者合译中国政治文献的方式对外进行宣传。[①] 民间对中国文学作品的中外合作译介，从杨宪益、戴乃迭（Gladys Yang）夫妇合译《红楼梦》，到葛浩文（Howard Goldblatt）、林丽君夫妇合译毕飞宇的《青衣》及阿来的《尘埃落定》等，不绝如缕。此时的翻译传播呈现出主动性，从官方到民间都有了这一主动传播行为的出现。

综观我国文学作品的对外翻译历史，我们发现，一直以来采用的这种合译模式是有诸多弊端的，那时的中西方交流很少，根本不可能真正懂得对方的民族文化。参与翻译的合译者在翻译交流时要达到真正的文化理解和文化认同，都有巨大难度。无论是中国人先翻译，西方人再润色，还是中国人给西方人解释说明文学作品，西方翻译者再根据理解对作品进行翻译，这一过程中出现信息递减或改变等现象都在所难免。况且，参与合译的无论哪一方先前的思维定式都不容易被打破。

时代发展至今天，随着全球交流范围的不断扩展，居民打破国界地居住并了解另外一种先前比较陌生的文化，已经不再是特别困难的事。笔者认为之前合译方式的弊端在目前的时代背景下可以完美避开。换句话说，翻译文本不再需要合译，只需某一个翻译家来完成即可。这个翻译家应既是目的语国家文化通，同时还是中国通。笔者认为，具备如此文化背景的翻译家不在少数，此翻译家可以是中国的，也可以是目的语国家的。只要其通晓两国文化，具备文学语言表达优势即可。只有这样，翻译者才能充分考虑到目的语读者的审美文化心理，又能够深切把握《聊斋志异》的本质内涵及中国特色元素，做到较为完美的文本的翻译传播。

二、文本翻译中的文化负载词

基于前一部分的阐述，我们可以断定，就《聊斋志异》的文本翻译，翻译家定

① 参见冯雷：《中国化马克思主义走向世界》，载《中国社会科学报》2012 年 4 月 25 日。

是熟悉并能够融入两国文化的文化通，且具有一定的文学语言的表达优势。只有这样，在翻译《聊斋志异》时才可以游刃有余地出入于两种文化之间，用目的语文化中最能接受的一种语言表达方式，又不失原作文化及语言特色，以实现对《聊斋志异》恰如其分的翻译。

我们知道，语言是文化的重要载体之一，其由句法、语义和语用三部分构成。其中语义（即包括词和词组在内的词汇意义）最为重要，因为词汇意义反映的是一个民族的历史文化传统，比如这一民族的生产生活习惯、行为规范、价值观念、文学艺术和科学成就等。一个民族的文化之所以能代代相传且不断发展，主要依靠的就是语言这个文化符号中的词汇系统。表现一个民族文化的发展和变化，反应最快的也是词汇。词汇中，文化负载词则是这一民族语言中最关键的内容，这是词汇之所以表现民族文化的最重要的内容。因此，在文本翻译中，对文化负载词的翻译则最为重要。所谓“文化负载词”（culture-loaded words），是标志某种文化中特有事物的词、词组和习语，直接反映了特定民族在漫长的历史进程中逐渐积累的、有别于其他民族的独特活动方式。它深深打上了某一语言社会的地域和时代的烙印，是表示某一种文化所特有的事物和概念的词（词组）。也就是说，这类词不仅承载了本民族丰富的文化内涵，还是最具特色的且有别于其他民族文化的部分。因此，文化负载词往往是跨文化交流和翻译的最大障碍，需要对其恰如其分地翻译，进而达成两者文化交流的信息最大化。

（一）专有名词类的文化负载词尽量直译

基于前面几章的分析，我们知道，《聊斋志异》的所有故事从思想内容，到艺术表现形式，再到故事所表达出来的哲学思考，无一不深深地烙上了中国独有的印记。在这些印记中，有许多词汇就是属于专有名词。特别是那些专有名词中的文化负载词，笔者建议对此类词语进行翻译时直接采取直译即可。因为这类词语是我们的文化标识，直译才能让其原汁原味地展现在目的语国家，让读者真正感受到我们文化中最本色的东西。只有这样，目的语国家的读者阅读我们的聊斋故事才能真正感受到我们的民族风，这也是更吸引他们的地方，所以此类词汇不能用目的语国家的其他词汇代替。

《聊斋志异》中的故事，绝大多数都是有关书生的故事。自隋朝以后，我国选拔官员采取的是科举制。科举考试的内容是自汉代以来的文化正统——儒教思想。儒家思想影响下的读书人，也就是小说中写的书生，不可避免地要参与科举考试,科举取士是他们跃身仕途的重要途径。正是基于这样的文化氛围和文化背景,蒲松龄终其一生一直为通过科举考试以获取功名而努力。因此,在聊斋故事中有关科举考试的专有名词随处可见。

我国的科举考试分为四级,即院试、乡试、会试、殿试(殿试由唐代武则天首创,宋太祖时成为定例)。从童生到状元,一般需经五个阶段:第一阶段是童生,凡应考生员(秀才)之试者,不论年龄大小,都称为“童生”。第二阶段是院试,童生参加考试考中后称“秀才”,也叫“生员”,还称“相公”。这两个阶段只是预选形式,乡试、会试、殿试才是正式的科举考试。第三阶段是乡试(大比),每隔三年在省城举行一次,参加考试的秀才考中后为举人,可称“老爷”。举人第一名称“解元”,二至十名称“亚元”。考期在八月,故又称“秋闱”。第四阶段是会试,在乡试后第二年春天举行,地点在京城礼部官衙,举人参加,考中后称“贡士”,第一名称“会元”。第五阶段是殿试,会试合格后的贡士参加由皇帝亲自主持或钦命大臣代理主持的殿试,合格的统称“进士”。殿试分三甲(三等)录取,一甲赐进士及第,二甲赐进士出身,第三甲赐同进士出身。殿试第一名叫“状元”,第二名叫“榜眼”,第三名叫“探花”。与科举制有关的专有名词,还有其考试内容“八股文”。八股文,又叫“八比文”“制文”“时文”,是乡试、会试必做的一种文体。文章由破题、承题、起讲、入手、起股、中股、后股、束股等八部分组成。

在《聊斋志异》中,大多数的故事里都会涉及各色不一的科举专有名词,基本包括在以上的专有名词范围之内。这些属于聊斋小说的专有名词类的文化负载词,需要直译。所谓“直译”,指按照原文的字面意思直接进行翻译,使译文内容和形式都忠实于原文,将原文作者的思想及意图通过直译法直接传递给目标语读者,实现译文与目标语文化和社会环境的最佳适应。这种直译,可以保留原作的民族特色和风格,进而使目标读者逐步熟悉并接纳原作的写作风格。

除此之外,可以直译的文化负载词还有小说中的地点名词、人物名称、宗教词汇等。通过这样的直译,可以使目的语读者慢慢走进我们的文化世界。在这里,需要特别指出的是宗教词汇。在蒲松龄创作《聊斋志异》的清初时代,儒、释、道三教已经毫无痕迹地融入到了每一个中国人的生活之中。聊斋故事中有许多有关宗教的专有名词。比如佛教专有名词类的文化负载词有“寺”“庙”“香”“善男信女”“佛”“如来”“菩萨”“观世音”“僧人”“和尚”“长老”“罗汉”“轮回”“涅槃”“圆寂”“皈依”“因果”“姻缘”等,道教专有名词类的文化负载词有“道观”“道士”“仙人”以及各种方术如“行气”“导引”“吐纳”“内观”“守静”“存思”

“辟谷”“忏法”“斋”“醮”“符咒”“禁咒”“隐遁”“乘蹻”“驱邪”“伏魔”“降妖”“消灾”“祈禳”“房中”“神仙术”“辟谷”“风水堪舆”“占卜”等。

在聊斋小说中，类似的词汇有许多，翻译时宜采用直译的方式，以向目的语国家传播我们极富中国特色的文化。

（二）成语、人际称谓、官职等文化负载词尽量意译

除去直译，还有一种翻译方法——意译。所谓“意译”，即只保留原文内容，不保留原文形式，追求语言意义对等的翻译。意译时，译者不受原语的语言结构和语法意义的禁锢，只为追求两种语言之间的语义对等，可以通过脱掉语言外壳，使目标语尽可能地适应目标语语境。这样的翻译，既能完整传达原文的含义，又贴合目的语读者的思维习惯，使他们在阅读体验上有明显的代入感。成语、人际称谓、官职等文化负载词尽管在各个不同的国家基于历史文化的原因拥有不同的称谓，但都属于普遍性文化范畴，所以此类文化负载词比较适合采用意译方式。

关于成语，在聊斋故事中亦有体现，是中国文化的一个独特现象。其中，成语是中国汉字语言词汇中定型的词，是在我们的语言中经过长期使用、锤炼而形成的固定短语，是比词的含义更丰富而语法功能又相当于词的语言单位，富有深刻的思想内涵且简短精辟，有的还带有一定的感情色彩。成语有很大一部分是从古代相承沿用下来的，代表了一个故事或者典故，也有些成语是一个微型句子的缩小。成语的中国特色浓郁，且内涵深厚，翻译时除了用最简洁的语言意译外，还可以采用注释的方式对成语典故来源进行一定的解释说明。在聊斋小说中，成语有一定的存在量，这些成语在故事的内涵表达中起到了一定的作用。因此，翻译成语应采用意译的方式，使得读者能够明白这一成语的真正内涵，以便更容易理解小说本身。

关于人际称谓，不可否认，我国的人际称谓带有极强的“中国风”特色，也有比较丰富的内涵。但由于在目的语国家，也有比较对等的词汇来表达相应的称谓含义，为了能够使聊斋小说融入目的语读者的文化视野中，便于读者理解故事的内涵，需要将这些称谓语意译成目的语国家文化中相应的称谓语，使得读者容易代入小说的故事情境，对其理解小说内涵有巨大帮助。

在中国传统文化中，每一个人有多种不同的指代方式，除了姓名外，其作为社会人的官职等也作为这一人物很重要的标志之一。就我国官职名称的体系

而言，确实有非常强烈的中国特色，也属于文化负载词的范畴。笔者认为，此类词语若直译会导致读者如坠五里雾中，对理解故事内涵不利，因此不宜直译。官员职位是某一社会或组织的管理者、组织者、统治者的名称，在目的语国家文化中，一般会找到类似的相应职位名称。在进行此类词语的翻译时，可以用相关类似语词代替。

基于以上的分析，我们认为，聊斋小说中涉及成语、人际称谓、官职等文化负载词时，在翻译的过程中可以在目的语国家文化中寻找类似的词组或句子来表达，以实现意译的目标。诸如此类的情况，若采取直译的方式容易造成与目的语国家读者之间的文化交流隔阂，使得读者在阅读过程中容易产生疏离。我们认为，此类词语在翻译过程中应为读者理解故事内涵服务，这也是促进目的语读者的理解、吸收的最有效途径之一。

（三）典故、宗教理论类文化负载词尽量释译

除了直译、意译外，我们翻译聊斋小说还可以用释译。所谓“释译”，即解释性翻译，是指在翻译过程中，译者为了使读者理解译文，在保持译文观点与原文作者观点一致的情况下，对一些文化负载词进行有选择的补充或解释。通过释译，能够在提升目标读者阅读流畅度的同时，促成读者拥有和读原作一样的阅读效果，使得译文在传达了原文文化内涵的同时，帮助目标语读者顺利地接受这类词语所带来的文化冲击。

所谓“典故”，最早出现于《后汉书·东平宪王苍传》：“亲屈至尊，降礼下臣，每赐宴见，辄兴席改容，中宫亲拜，事过典故。”其来源途径一般有如下三种：一是典制和掌故；二是诗文中引用的古代故事和有来历的词语；三是具有教育意义且大众耳熟能详的公认的人物、事件。典故可以分为四类：成语典故、文学典故、历史典故和文化典故。也就是说，成语有时与典故有所重合。再者，就典故的来源看，其充满着中国特色，带有浓浓的中国味。聊斋故事中，对熟知中国文化的中国读者来说不存在阅读障碍，但对那些缺少一定文化储备的读者来说，有时则会有阅读障碍，此时就需要阅读相关的注释以实现对小说内涵的理解。因此，对于聊斋小说中出现的典故类文化负载词，译者在翻译过程中宜采用释译的方式，以促进目的语读者对小说内涵的阅读和理解。

在《聊斋志异》中，需要释译的文化负载词除了典故类词语，还应该包括一些中国特色的传统文化理论词汇。这些词汇在中国特有的文化历史中诞生，包

含着中国人特有的思想和情感，这在目的语国家根本找不到对应的词汇和词组。但如果采取直译的方式，必然会造成读者的阅读隔阂，进而无法理解故事的内涵。这些文化理论词汇，并不是一句话半句话就能表达清楚的，所以，在此种状况下，释译是一种比较好的翻译方式。其营造了与原文相当的语境效果，这就使得译文便于被目标语人群理解。通过对典故类和文化理论类文化负载词语的释译，便于目的语读者更好地理解这些词语在故事中的真正内涵，进而更好、更顺利地读懂故事。

三、文本翻译中的语言格式

根据之前的论述和分析，《聊斋志异》的语言表达极富美感，甚至灵活运用了中国历史上最为优美的语言表达艺术——骈文。这种骈文化的表达方式，不仅体现在一些小说语句的字数限制上，还表现在一些特殊的描述性句子采用了对仗、对偶等中国独有的艺术形式。因此，在文本翻译中，这样高超的原作语言特色，势必要求译者能尽力保留其艺术魅力。这一点，就真正的文学家兼翻译家来说是可以做到的。

（一）语言节奏的把握

骈文倾向的语言表达，是极具中国特色的语言表达模式。译者翻译时，要把原文这种语言魅力表现出来，就要特别关注翻译语言的节奏把握。所谓"节奏"，最先应用于音乐领域，它是自然、社会和人的活动中一种与韵律结伴而行的有规律的突变。用反复、对应等形式把各种变化因素加以组织，构成前后连贯的有序整体，即形成节奏，它是抒情性作品的重要表现手段。节奏不仅限于声音层面，景物、情感以及语言的运动也会形成节奏。我们说，节奏变化为事物发展本原，也是艺术美的灵魂。因此，语言表达节奏的运用和把握确实非常必要，是展现语言美的必要手段。《礼记·乐记》有云："乐者，心之动也；声者，乐之象也；文采节奏，声之饰也。"曹丕在其《典论·论文》中说："譬诸音乐，曲度虽均，节奏同检，至于引气不齐，巧拙有素，虽在父兄，不能以移子弟。"笔者以为，译文关注语言节奏的把握，其实是为了与原作交相呼应。《聊斋志异》在语言表达上的美感，灵活的骈文倾向，四六文兼以杂言句式表达，行云流水般地展现在读者面前，显示了作者高超的语言艺术表达功底。

当然，音调的抑扬顿挫也需要在译文中有所体现，这也是表现语言节奏的一种方式。

(二)修辞格语言的使用

所谓“修辞格”,是作者为提高表达效果,在文章的写作过程中通过修饰、调整语句,运用特定的表达形式以提高语言表达作用的方式方法。常用的修辞格有比喻、夸张、排比、反复、对偶、设问、反问、借代、反语、联想、通感、双关、顶针、互文、对比等。这些修辞手法有许多是中国所独有的,是源于汉语表达的魅力。《聊斋志异》中修辞格的运用非常频繁,译者在翻译不同的修辞手法时,最好是形成相应的翻译格式,使得目的语读者能对不同的中国式修辞格有一个清晰的理解和感受。关于各类修辞格,其有无对理解故事内容无任何妨碍,但对增强小说的艺术可读性具有重要作用。译者在翻译文本时要特别注意,这是增强文章吸引力的一个关键点,翻译者不能草率地省译。

作为《聊斋志异》的国际传播,我们的目标是为“讲好中国故事”服务。因此,就翻译《聊斋志异》的文本来说,我们的目标不只是希望目的语读者能够了解聊斋故事本身,更重要的是通过翻译《聊斋志异》让目的语读者更了解中国文化,能慢慢领略中国文化深邃的魅力。

第二节 故事背景链接中国味

一、关于故事背景链接

如同作者在《聊斋自志》中表达的,《聊斋志异》中的小说讲述,并不仅仅在故事本身,更重要的是故事背后的思想和情感。小说看似花妖狐魅鬼仙等非人类主人公与现世主人公之间发生的荒诞不经的故事,实则是作者对现实世界的另类表达和思考。因此,为了让目的语读者能够对作者的所思所想更加理解,可以在翻译小说集中的每一短篇小说之前,设计一个故事背景链接部分。在这一部分中,尽量用目的语读者能够理解或能够实现文化迁移的语言,解说这一小说所涉及的文化背景,为读者更好、更顺利地阅读小说文本奠定坚实的基础。

法国文艺理论家泰纳尔认为文化艺术的发展很大程度上取决于种族、环境、时代三个要素。“我们在考察那作为内部主源、外部压力和后天动量的‘种族’、‘环境’和‘时代’时，我们不仅彻底研究了实际原因的全部，也彻底研究了可能的动因的全部。”[①]这三大要素归根结底都指向一个词汇——“背景”。这也是我们为什么要在《聊斋志异》的翻译中进行故事背景链接的意义所在。小说中人物形象的行为、故事的发展，都是时代和环境使然。特别就中国而言，经历了几千年的文明史，这一文明史一直贯穿在中华民族的历史发展之中，其已经成为我们的民族血液。长期浸淫于这样的历史文化传统中的我们，会自然而然地理解故事中人物的所作所为。但就诸多外国读者来说，他们不了解中国，更不了解博大精深的中国文化，他们能够感受的更多是一种肤浅意义上的认识。这也更加促成了我们对完成此项任务而生长的内心期待。我们知道，作品能出现那样的故事、那样的人物、那样的人物行为，都是源于不同的背景在发挥作用的结果。泰纳尔所提的这三个要素，在我们可以理解为自然的背景、社会的背景、时代的背景、文化的背景。任何小说作品都能从它产生的自然环境、社会环境、政治文化等诸多因素组成的创作背景中找到某种必然联系。通过故事背景链接的方式，适当地介绍这些内容对读者真正理解小说作品本身来说，还是大有裨益的。

二、故事背景链接的内容设计

笔者认为，要想实现这一部分比较完整且系统的设计，就需要按照我们之前分析的《聊斋志异》思想内容“中国风”、艺术手法“中国风”、哲思表达“中国风”等方面对所有的聊斋小说进行各有侧重的分类。分类结束后，再按照一定的顺序及相关聊斋小说的侧重点来完成这一中国特色文化的系统介绍和说明，然后按顺序放置在各篇聊斋小说的前面，以供读者了解更多该小说相关的中国文化，从而在理解聊斋故事的同时也为了解中国文化打开了一扇窗。

（一）思想内容方面的背景链接

本部分的链接，笔者认为可以采用图片与文字并重的策略。因为这一部分牵涉的主要是中国文化中的人伦思想、礼仪思想、婚姻思想。这些背景链接的图片，只出现人物即可，不需要出现关于亭台楼阁之类的建筑文化表达，否则容易喧宾夺主。关于图片中的人物形象设计，穿着打扮不一定必须为明清装束，

① 伍蠡甫、胡经文主编：《西方文艺理论名著选编》（中），北京大学出版社1986年版，第155页。

可以是部分明清装束，部分为其他朝代的服饰中添加中国元素构成，用线条、剪纸或中国人物画表现。聊斋小说描述的大部分为明末清初的时代背景。那时国人的穿着是繁复而夸张的，现代的中国年轻人都不是很喜欢欣赏，更何况是目的语国家的读者。当然，为了体现时代氛围，还应该有一定数量的与作品时代相符的图片，以展示那一时期的文化原貌。设计此部分的链接图片，主要用以形象展示小说中各类中国特色的思想文化的行为表现和行为规范，使得目的语读者产生较强的代入感。在这类文化中，最关键的就是行为规则、规范和表现，用图片加说明的方式是最有效的。

蒲松龄作为旧时代的知识分子，深受中国传统文化熏陶，其《聊斋志异》的各短篇小说基本上展现了我国传统思想的方方面面。自唐宋古文运动以来，文以载道的文章写作目的已经成为知识分子的写作追求。能够在文章中展现作者的思想和看法，一定是其为文的重要目标之一。这也是为什么曹雪芹当年写作《红楼梦》批阅十载、增删五次，用如此认真的态度完成巨著，还要特别强调这样的话：“满纸荒唐言，一把辛酸泪。都云作者痴，谁解其中味?”

在人伦思想方面，我们可以就“三纲”原则和“五常”规范的每一方面进行较为系统的描绘和介绍，以及与之相关联的中国传统文化也可以作相应的解说，当然，前提是在接下来的聊斋小说中这种文化现象会有所呈现。这一文化链接，为了能使得目的语读者感受到更加生动形象的文化因素，甚至可以提供一定的生活场景描绘。按照这一文化的行为表现、行为原因、行为目标的内在思路和逻辑，对每一纲常思想进行解说和描绘，并结合小说中的具体细节进行一定的解说和联系。

(二)艺术手法方面的背景链接

关于本部分的背景链接，笔者以为可以分成几个专题进行介绍：意境营造的虚实相生，可以先介绍中国式意境的理解和表达，分成几类状况对虚实相生进行介绍。在这一过程中，结合一定的艺术作品来分析和描述是非常有必要的，比如，可以借助中国的国画、剪纸甚至皮影等艺术形式进行描述，甚至还可以结合目的语国家相关的艺术作品解释这一中国艺术手法以促使读者产生心灵的沟通和共鸣。

用传奇法以志怪，是属于创作领域的特色，在聊斋小说中是合并展现的。我们可以把部分小说分成两类，即把传奇和志怪分开进行各有侧重的介绍和描绘。

关于骈文化(即骈文倾向)问题,可以从中国传统中的审美意识、审美习惯谈起,比如,联系中国的建筑风格、民俗物的创造等来理解骈文这种形式美的形成,再从音乐中的节拍以及四六字语言表达的艺术性、科学性上让读者体验骈文之美。

(三)哲思表达方面的背景链接

中国特色的儒、释、道,不仅成为中国人内心世界中最重要的信仰,也为形成整个的中国人的文化品格做出了巨大贡献。中华民族的独特性,以及民族精神中被世界所敬仰的内容,都是来源于这一信仰对我们的熏陶和濡养。在未来的世界发展中,我们的儒、释、道精神的精华成分必将成为推动世界发展的重要精神力量。因此,我们很有必要在链接部分对中国儒、释、道文化进行系统的描述和表达。这一部分的占比可以与思想内容部分的背景链接相当。

在聊斋小说中,描述的大多是读书人的故事,如读书人考科举、读书人的爱情、读书人的交友等。所以在儒教文化的背景链接内容中要涉及比较多的信息,比如科举系统、官职系统、中庸的行为规范等。

关于佛教文化的背景链接,可以联系诸多专业词汇,结合图片及故事进行介绍。诸如佛、菩萨、僧、经、悟、禅、静、涅槃以及众多的佛教理论——因果报应、生死轮回等等。

关于道教文化的背景链接,内容非常庞杂,特别是在道教思想中人与自然的和谐、人自身中的系统与各种得道成仙的方术,都可以进行系统设计与介绍。

第三节 装帧设计"中国风"

《聊斋志异》的对外传播,真正的实物形式,归根结底有两种:一种是走文本翻译路线,一种是走影视改编路线。笔者认为,真正地了解作品原貌,还应是翻译。但是,我们的翻译作品,只关注翻译文字,不注意装帧设计,对于《聊斋志异》的对外传播,显然无利。

一、关于装帧设计

清代藏书家孙庆增在《藏书纪要》中指出:"装订书籍,不在华美饰观,而应护帙有道，款式古雅，厚薄得宜，精致端正，方为第一。”①即书籍装帧的原则是保护书籍完好，使阅读功能和审美要求辩证地统一起来，而绝不是单纯的装饰华丽。简言之，书籍的装帧设计应实现与著作内容的和谐统一。我们认为，装帧设计包含了艺术思维、构思创意和技术手法等的系统设计，诸如开本、装帧形式、封面、腰封、字体、版面、色彩、插图，以及纸张材料、印刷、装订及工艺等各个环节的艺术设计。

为了配合《聊斋志异》的海外传播，在翻译作品装帧设计中的开本、装帧形式、腰封、字体、版面、印刷、装订及工艺等无需多谈，就目前的国际装帧流程及统一审美要求来说大同小异，不必过多纠结。对于色彩、纸张材料，可以结合中国作为一个拥有五千年文明历史的文明古国以及聊斋小说又属于清代的小说的特色，尽量彰显我国的文化特色，版面以古朴典雅为基本风格，纸张选择轻型纸，色彩以做旧的黄色为主。在早期的文献记载中，黄色一直被视作吉祥的颜色，人们甚至将美好的日子称作“黄道吉日”。如《周易·坤卦》说：“黄裳，元吉。”又说：“龙战于野，其血玄黄。”因为黄色是五色之中色，象征着中道，即无过无不及，只有如此才能免遭祸患。由于黄色所代表的正统、中道以及和龙的相关性，所以到了后代逐渐和君主联系起来，成为君主的专用颜色。不仅是皇帝所穿的龙袍属黄色，就连宫殿、庙宇、器皿、诏书等都以黄为贵。到了清朝，“尚黄”思潮更是表现得无以复加，如八旗之中的上三旗即分别为镶黄、正黄、正白。此外，规定了皇帝使用明黄(淡黄色)，皇室使用杏黄，而老百姓则根本不能接触黄色。

笔者认为，除了设计翻译文本装帧的色彩及纸张材料外，最关键的当属封面设计及插图设计。

二、装帧“中国风”的设计思考

(一)封面设计

《聊斋志异》翻译文本的封面设计是其装帧艺术的重要组成部分，也是最早、最直接带给读者阅读感受的重要内容，属于目的语读者接受《聊斋志异》翻译文本的第一步。这一过程就像欣赏交响乐的序曲，是把欣赏者带入内容的向导。这样的向导，不仅要遵循平衡、韵律与调和的造型规律，最关键的是要突出

① 范风书：《中国著名藏书家与藏书楼》，大象出版社 2013 年版，第 152 页。

主题，运用构图、色彩、图案等知识，设计出比较完美、充满“中国风”意境，又能融入目的语文化的富有亲和力和艺术感染力的封面。

首先，翻译文本的封面设计要充分考虑目的语读者群体的特色，对他们在年龄、性别、种族、职业、文化程度等方面具备的各种心理特点要有所把握。笔者认为，我们的翻译文本如果面对的是目的语文化中的中年群体，就应该知道他们有一定的文化阅历，还希望接纳更多优秀的文化来丰富自己的见识并提高自己对世界的理解。正是基于这样的心理需求，带有浓浓“中国风”意味的《聊斋志异》文本才会吸引他们的眼球。不管哪一个民族，也许出自不同的文化背景，但有关美和情感，都是心灵相通的。如果面对的是青少年，封面设计既要体现中国特色，还要彰显朝气蓬勃，相关的各类链接以联系现时代进行介绍和说明为主。

其次，翻译文本封面设计一定要体现“中国风”特色，这种特色还应该针对不同民族有不同的调节和设计。因为不同民族由于历史文化的不同，民族心理也各不相同，文化和文明的交流互鉴根本上是因心灵相通而进行的内心交流和对话。只有这样，《聊斋志异》才能给目的语读者带来更多的冲击力，不仅仅只是视觉上的，古老而又新鲜的东方文明的魅力也是他们了解中国文明的一扇窗。

最后，我们的封面设计还要体现美与实用的统一。我们要在封面设计中就给目的语读者一个强烈的暗示：我们的聊斋翻译文本中，不仅有最富世界盛名的聊斋故事，还有丰富的中国文化。这样的一举两得，使得他们在阅读故事的同时，又可以近距离体验中国文化。

（二）插图设计

在该翻译文本中，我们需要设计诸多插图，以帮助读者更好地融入故事，以及故事所展示的文化氛围。特别在目前绘本书流行的前提下，更应该加大翻译文本的插图设计。

这一点，日译本的诸多尝试给我们提供了借鉴。日本漫画在当今世界享有盛誉，目前流行世界的绘本故事就是由日本兴起。日本漫画家清水昆先就给柴田天马的《易读聊斋志异》做过插图。“日本前卫绘画运动先驱之一的峰岸义，其 8 卷本《聊斋志异图卷》在 1963 年由美术出版社出版后，又于 1965 年以《聊斋志异画本》为书名，选择了原作中 19 篇故事加以改编，每个故事都带有自己的插图。高山辰雄的特色画集《聊斋志异》，以《聊斋志异》的21篇原作为基础，总共画了61幅蜡笔画，并抄译了21个故事的要点以方便鉴赏。”[①]日本这个喜欢漫画的国家，在《聊斋志异》的传播过程中，运用其优势的绘画插图手段，让《聊斋志异》呈现出了不一样的魅力。我们有理由相信，在《聊斋志异》的海外传播过程中，插图确实是一种图文并茂且容易吸引读者兴趣的方式，其在帮助读者理解聊斋故事方面具有不可取代的先天优势。特别在目前国际范围内快餐文化盛行的今天，用更多插图的方式推介《聊斋志异》不失为一种有效的途径。

就这一文本中的插图设计，笔者认为凸显中国特色是必经之路，也是比较有效的方式方法。这既是基于文本内容的需要，也是基于“讲好中国故事”的需要，诸如中国剪纸、中国画、中国版画，甚至带有中国特色的漫画，都可以作为插图元素之一进行设计。只有这样，我们的文字内容才更加生动形象，也更容易吸引目的语读者的关注，为使他们较快地理解与领略富有魅力的中国文化，进而感受中国文化的博大精深打下基础。

第四节　视听作品改编“中国风”

所谓“改编”，是指在不改变原有作品的基础上，通过改变作品的表现形式或者用途，创作出具有独创性的作品。“改编不仅是一种满足性接受和还原性理解，还是一个化雅为俗的通俗化过程和传播化过程”[②]，比如小说改编成话剧、电影，以及电视连续剧，或者是科技类学术著作改编成普及性读物，都属于对原作进行通俗化的过程，也为扩大原作的传播范围起到了非常重要的作用。特别在目前后消费主义时代，快餐文化、信息碎片化已经成为社会普遍现象的时期，对那些曾经较为小众的且价值较高的作品进行改编，已经成为其在新时代的必然选择。

《聊斋志异》尽管思想内容丰富且深刻、艺术表现手法独特、语言表达艺术感非常强，但依然无法改变小说本身不断走向末路的命运。这是手机客户端及融媒体时代的必然，通过改编以适应时代已经成为诸多“阳春白雪”式作品的选

① 王枝忠：《近50年〈聊斋志异〉在日本的传播和研究》，载《福建师范大学学报》(哲学社会科学版)2006年第6期。

② 原小平：《改编的界定及其性质——兼与重写、改写相比较》，载《济宁学院学报》2010年第2期。

择。我们希望通过改编，使得这部曾经特别辉煌，而今被束之高阁的文言短篇世界名著再次走进"寻常百姓家"。

不可否认，到目前为止，在我国范围内《聊斋志异》的小说中进行过影视化改编的篇目非常多。但是，真正产生过较大影响的作品还比较少。这在影视业比较发达的今天，享有世界声誉的《聊斋志异》在影视改编方面成就不大。

究其原因，在改编的风格或模式上，还没有摸索出一条观众比较认可的途径，缺少聊斋影视应有的辨识度。我们说，作为影视改编类的综合艺术，应该有属于自己风格的辨识度，才容易吸引观众的眼球。

基于之前本人的众多论述，我们认为，聊斋小说的影视化改编应走"中国风"路线，才有可能拥有自己的辨识度。之所以提出这样的策略，不仅因为聊斋小说本身确实存在众多的"中国风"元素，更为关键的是，在目前的全球文明正在不断走向融会贯通的背景下，"中国风"的中国故事更容易吸引世人的眼光。

随着自媒体、融媒体等各种层出不穷的新手段的出现，影视作品的受欢迎程度越来越高，受欢迎的范围也越来越广。《聊斋志异》的传播也应利用好这一属于视听综合的艺术手段，使得该小说在 21 世纪绽放出更璀璨的光芒。在这一小说集中，基于短篇小说的优势，其借助于不同的小说故事展现了我国非常丰富的文化特质，确实需要更多人去理解并感受到其吸引人的魅力。

一、道具布景及着装"中国风"

影视作品，归根结底是依靠其视觉和听觉形象来征服观众的。就视觉形象来说，影视作品中对道具布景的设计，以及人物形象的着装风格设计，都是打造影视视觉形象很重要的方面。

（一）关于道具布景

影视作品中道具布景包括很多方面，诸如大到建筑物、建筑物周围的环境、建筑物的装修设计，小到生活实用桌椅几凳、床席被、锅碗瓢盆瓮，可以说囊括了人类生产生活的方方面面。在中国的传统文化中，这一切生产生活所用物什都极具中国特色，这一系列物什的使用不仅有较为统一的使用方法，甚至还凝结了中国人对生活特有的认识和对世界独特的理解。

正是基于这样的考虑，笔者认为，就聊斋故事的影视改编来说，道具布景要进行非常详尽的思考和设计。比如，故事描述的是中国南方，可否在建筑上来点徽派风或者竹楼、吊脚楼？周围的环境可否与江南水乡一致的竹林、小桥流水、油菜花等作为主要的背景色彩？至于那些零星的生活用品和装饰品，徽派建筑就带上笔墨纸砚来展示，竹楼之类的就搭配上一系列的竹制品来展示。再比如，故事描述的是中国北方，建筑上也许应该来点四合院或者石头房，环境搭配的是大江大河大山。当然，故事更多的是描绘中原地区，那就把中原地区的风俗风貌和谐地展示出来，作为故事展开的道具布景。

《聊斋志异》的影视作品改编，在道具布景上采取“中国风”的设计风格，有利于传播我们辉煌灿烂的中国文化，并且是在不经意间完成的。

（二）关于服装

作为聊斋故事中的人物着装，许多人以为应该切合当时的时代特色。笔者认为，无论是小说中的故事发生在中国的明朝时期，还是蒲松龄生活的清朝时期，与现时代的生产生活都有巨大隔阂。如果还原那一时期的生产生活，必然因其不能与现时代融合而不能使得现代的观看者产生感同身受的共鸣。我们说艺术创作的最高境界是在隔与不隔之间，而不是距离遥远。

从目前看，《聊斋志异》的众多影视改编作品在人物着装方面，都基本沿用了明、清时代的着装风格，这就使得聊斋故事与现代的审美之间产生了隔阂，不容易引起观者共鸣。笔者认为，这应该是聊斋小说的影视改编不能深入人心的原因之一。

基于此，笔者建议在聊斋影视作品的人物形象设计上，发型和面部装扮应与现代人一致，但服装设计必须要带有中国特色。这个中国特色，不是还原明或清的着装风格，而是在衣服的样式上采用近现代时期的中国特色服装，或者在现代服装的设计上加入“中国风”元素以体现中国特色。这样的服装设计，观者会因为这些人物装扮比较接近生活的真实，而在心理上有一种亲近感进而愿意去了解这个看似有点遥远的故事。在众多的聊斋小说中还有许多非人类，他们或许是神鬼仙，或许是花妖狐魅。这些人物形象又该如何设计呢？这些非人类的人物形象，一方面可以借助现代科技手段进行创造，另一方面可以根据情节需要对各类形象在人物装扮上加以适当夸张。

二、台词及音乐“中国风”

在影视改编中，道具布景及着装主要满足人们视觉欣赏的需要。台词及音乐背景设计，则是作用于观者听觉的。一部优秀的影视作品，对观众产生的不仅是视觉冲击力，还应该有听觉上的震撼。就影视作品来说，听觉效果与视觉效果一样不可或缺。

（一）关于台词

台词需要风格，不仅要在语言表达上形成具有自己独特辨识度的声音表达风格，而且语句的构成也要有属于自己的风格。真正有辨识度的语言风格，我们可以通过故事人物的说话风格就可以断定故事发生的地点。如果能达到这一程度，便足可见这一影视作品，已经打上了既鲜明又有特色的属于自己的烙印。

就聊斋小说而论，其神鬼怪仙、花妖狐魅的题材特色可以设计打造形成特定语言表达风格，这种风格必须既接地气，又不能完全脱离聊斋故事本来的思想内涵，具备特有的辨识度，以吸引更多的观赏者。

（二）关于音乐

中国的音乐器材与曲风，与欧美、非洲、南美洲等都有本质的区别。在笔者看来，我们的聊斋故事影视作品的音乐设计，依然以“中国风”作为我们的主要源泉。这样的设计不仅因为中国音乐与中国故事更配，还因为中国音乐器材的多样性，使得其在表现情感的丰富性和多样性上也是最贴合的。笔者希望聊斋小说的影视作品打造出来的世界，带给观者的不仅是具有鲜明中国特色的视觉盛宴，更是带有独具中国声音魅力的听觉盛宴。

习总书记提倡“讲好中国故事”，我们借助世界短篇小说之王蒲松龄留给我们的文化瑰宝——《聊斋志异》，用我们“最中国”的方式和形式，讲给中国的年轻一代听，也讲给世界人民听。

三、内容改编留神韵

目前，大多数的《聊斋志异》影视作品改编，基本停留在对内容的情节设计、人物形象塑造、作品意义的改编上。李佳欣《〈聊斋志异〉的影视剧改编问题及其研究综述》这样评价20世纪以来的《聊斋志异》的影视化改编：“对于《聊斋志异》的影视剧改编，也存在着‘糟粕’。首先，《聊斋志异》的创作时间距今久远，创作的社会环境也不同于如今的时代，这就造成了我们在对其解读的过程中，会产生偏差，会出现一些过度解读的问题。其次，影视剧的改编，也是对文学经典的再创造，在二次创作的过程中，如何做到在不破坏原作的基础上，形成能为现实服务的新作，也是值得探究的问题。最后，在市场经济的影响下，必然会出现一些浅俗不堪、充满低级趣味的改编作品，这无疑会破坏作品的价值，对作品的传播造成恶劣影响，如何避免这种状况，净化改编市场，也是值得我们深思的问题。”①

就目前的时代背景来看，对《聊斋志异》通过采用影视化改编的方式进行文化传播，确实是一条新颖独到且有巨大潜力的途径。而如何在改编过程中体现《聊斋志异》的神韵，当是众多改编者必须面对的。笔者认为，现时代《聊斋志异》影视作品的内容改编，坚持的思路应该是在原有故事框架及人物形象特征不变的情况下，对故事细节可以进行更多合理的想象以及展开，使故事走向现代人相对较易接受的方向。就像当年孔子编订鲁国的《春秋》成为经典，左丘明解释考证《春秋》所记事件的来龙去脉而完成《春秋左氏传》依然是经典，原因就是它拥有了属于自己的特色，并没有想当然改变故事的走向，只是让故事更细腻，更适合人们阅读而已。还有，我们追求改编后的作品更通俗，还可以通过改编人物语言及聊斋故事的讲故事风格以达到接地气的目的，根本没有必要对人物形象和故事的基本脉络进行改写。

总之，对《聊斋志异》进行影视作品改编，原作的神韵、原作的味道绝不能变。

① 李佳欣：《〈聊斋志异〉的影视剧改编问题及其研究综述》，载《蒲松龄研究》2019 年第 4 期。

后 记

关于本书的内容已经思考了很久，直到2016年，我主持申请的山东省教育厅人文社科项目"《聊斋志异》的'中国风'与海外传播研究"[J16WC09]立项，我认为我的目标更明晰了。接下来，我又继续了更多更深入的思考，四年弹指一挥，其间也在学术期刊上零星发表了两篇文章，但我最期待的还是这部书稿的问世，因为其展示的是本人就此问题所进行的系统思考。

习总书记指出，希望广大的文化传播人士能用海外读者乐于接受的方式、易于理解的语言，讲述好中国故事。中国故事既包括现代的故事，也包括传统文化故事。传承好、宣传好中国优秀的传统文化从没有像今天这样，与国家的大政方针联系得如此紧密。弘扬中华文化精髓，不仅要让国人了解，也要走出国门，让更多国家的人民了解充满魅力的中国文化。这也是我为什么用了这么多年一直在挖掘《聊斋志异》的"中国风"特质的原因所在。我希望通过我的表达，能为我的家乡土地上诞生的这部伟大作品吸引来更多的读者，不仅能对《聊斋志异》的爱好者、研究者、翻译者、改编者有参考价值，更想让海外人士从文化的角度来了解这部作品，让他们看到在花妖狐魅外的另一个属于文化领域的聊斋世界。

本书能够顺利完成，在此要特别感谢山东大学的邹宗良先生。邹先生在繁忙的学术工作之余，认真阅读我的初稿，不仅提出了大量的修改意见，甚至还亲自查阅并给我提供了许多相关研究资料。如今已60多岁的邹先生，对聊斋学研究的满腔热忱让我终生难忘。在指导我修改书稿的近三个月时间里，邹先生不仅自己完成了一篇两万余字的聊斋学考证文章，还阅读众多硕士生论文并主持答辩，此外还一直承担着两个项目的研究，并需按时完成国家社科基金办交给的众多审稿任务。这样的工作强度对一个中年学者来说已是极限，更何况正在走向古稀之年的邹先生。能够顺利完成该书稿，是邹宗良先生的严谨认真以及热忱的鼓励在推动着我，让我不断提炼、反思自己在该书中说的每一句话，提出的每一个观点。

本书能够顺利出版，还要感谢淄博师范高等专科学校的基础教育创新平台的资金资助，感谢聊斋学研究专家亦是我多年的师友王光福先生帮我联系专家咨询并亲自帮我查找资料，同时也感谢我校图书馆采编部的金昱光老师为我查阅资料提供诸多方便……

总之，在本书即将付梓之际，感谢所有关注我的师长和朋友的肯定和鼓励，同时也感谢时代给予我这么接地气的论题，还有生活在中华大地上带给我的如此精美又充满力量的文化滋养。

李志红

2020 年 7 月 6 日